Le Passage du Diable

Anne Fine

Le Passage du Diable

Traduit de l'anglais
par Dominique Kugler

Médium poche
l'école des loisirs
11, rue de Sèvres, Paris 6ᵉ

© 2015, l'école des loisirs, Paris, pour l'édition Médium poche
© 2014, l'école des loisirs, Paris, pour l'édition française
© Anne Fine, 2011
Titre de l'édition originale : « The Devil Walks »
(Random House Children's Books, Londres)
Loi n° 49.956 du 16 juillet 1949 sur les publications
destinées à la jeunesse : janvier 2014
Dépôt légal : février 2016

ISBN 978-2-211-22260-0

Pour AJMW

PREMIÈRE PARTIE

1

J'ai toujours eu une drôle de vie. Depuis le tout début. Moi, je ne la trouvais pas bizarre, bien sûr. Je suis convaincu que chaque individu, sur cette terre, est persuadé de mener une vie normale et croit que c'est celle des autres qui ne l'est pas. Quoi qu'il en soit, ma vie à moi avait débuté fort singulièrement, par la façon dont on m'avait élevé.

C'était… – allons, Daniel, il faut appeler un chat un chat – … c'était quelque chose d'assez fou.

Ma mère n'était pas folle à lier, pourtant. Si elle avait poussé des cris perçants, déchiré ses vêtements et hurlé comme une possédée, les voisins auraient prévenu plus tôt, et tout aurait été différent. Mais non. Ma mère était quelqu'un de calme. C'est du moins ce que je croyais. Je l'avais toujours vue déambuler le plus tranquillement du monde dans ma chambre.

Ma chambre de malade, pour être plus précis.

Car dès que j'avais été assez grand pour comprendre ce qu'elle me disait, elle n'avait cessé de me répéter que j'étais gravement malade. Et je la croyais. Pourquoi aurais-je mis sa parole en doute ? Ainsi, j'ai passé mes plus jeunes années mollement adossé à des oreillers. Je n'avais le droit de me lever que pour aller sur le palier et gagner, d'un pas chancelant, la pièce glacée abritant les toilettes ; mais elle me tenait toujours le bras de peur que je tombe. (Qui n'aurait pas été étourdi, après ces heures passées au lit ?) Parfois, l'été, lorsque la pelouse se piquetait de pâquerettes éclatantes, elle m'autorisait à descendre en me cramponnant à la rampe – «Doucement, doucement, Daniel ! Attention de ne pas tomber ! » –, et là, tout à coup, je pouvais humer l'odeur entêtante du lilas et sentir sur mes mollets maigres et blancs la caresse d'une petite brise.

À peine étais-je installé dans le fauteuil en osier, sous le poirier, qu'elle m'enveloppait de nouveau les jambes dans des couvertures. Mais au moins j'étais dehors, je voyais le ciel en entier, au lieu du minuscule carré de lumière à travers la petite fenêtre crasseuse de ma chambre qui donnait sur la cour.

À part cela, je passais au lit le plus clair de mon

temps. Et il en fut ainsi pendant des jours et des années. Ma mère était constamment assise à mon chevet, occupée à crocheter des cols de dentelle aux motifs compliqués qu'elle emballait ensuite dans du papier de soie pour les envoyer à Manchester. Ils étaient vendus dans un catalogue de colifichets pour dames : cela servait à payer notre loyer. Parfois je m'endormais, et à mon réveil elle n'était plus là. Ou encore je glissais dans un rêve alors que j'étais seul, puis, rouvrant les yeux, je la voyais près de moi, avec ses petits crochets à manche d'ivoire torsadant et tirant le fil qui sautillait à chacun de ses mouvements. J'avais l'impression de voir en rêve ses allées et venues mais, encore une fois, je passais tellement de temps à la lisière du sommeil que je perdais pied avec la réalité et confondais mes rêves avec ce qui s'était réellement passé. Souvent ce que je voyais en rêve me semblait réel, tandis que les objets présents dans ma chambre paraissaient sortir de mon imagination : l'armoire en chêne sculptée, les tableaux accrochés au mur, la jolie maison de poupée ancienne de ma mère et les livres sur l'étagère.

Ah, les livres ! Sans eux, je serais devenu fou. Je ne pouvais ni nager ni marcher, alors d'autres remontaient à ma place des rivières infestées de crocodiles et escaladaient des sommets enneigés. Je ne me souviens plus comment j'ai appris à lire. J'ai une image de ma mère pointant l'index sur un livre et de deux animaux, l'un en chemise à carreaux, l'autre en pantalon écossais rouge vif – s'agissait-il de Blaireau et Cochonnet ? – parcourant avec moi l'alphabet et les contes pour enfants.

Lorsque je fus assez grand pour savoir qui j'étais – je suis Daniel Thomas Cunningham, le fils unique de Liliana Cunningham –, Blaireau et Cochonnet avaient disparu. La plupart des livres empilés sur ma table de chevet provenaient désormais des bibliothèques du rez-de-chaussée, et il fallait que je ronchonne et supplie ma mère des heures entières pour qu'elle consente à me les apporter, malgré sa peur que leur couverture moisie n'achève d'endommager mes pauvres poumons.

Et puis, un beau jour, un cataclysme s'abattit sur notre maison. J'entendis frapper à la porte de la cuisine, l'entrée de derrière. C'était bizarre, car, en général, les livreurs venaient le matin, et il était fort rare que l'on reçoive d'autres paquets, sauf si ma mère avait commandé un coupon de satin pour remplacer une chemise de nuit usée. J'entendis sous ma fenêtre des éclats de voix, comme s'il y avait devant chez nous non pas une mais plusieurs personnes qui faisaient du foin.

— Si, si, Mrs Cunningham, il faut absolument que vous veniez ! Juste un instant. Pas plus loin que le portail de votre jardin.

— Je vous en supplie, Mrs Cunningham. Permettez-nous d'insister.

— Vous ne serez pas déçue de voir ce que nous avons à vous montrer.

Troublée, ma mère avait dû sortir et les suivre jusqu'à l'allée qui reliait la maison au portail du jardin.

J'avais compris. J'entendis ensuite la porte de la cuisine claquer derrière elle et le bruit du verrou que l'on ferme de l'intérieur.

Il y avait, dans la maison, quelqu'un que je ne connaissais pas.

2

Je me dressai subitement sur mon séant. Du dehors me parvenaient, de plus en plus lointaines, les protestations de ma mère.

— Que tenez-vous tant à me montrer ? Pourquoi devrais-je vous suivre ? Je ne vois pas ce qui pourrait m'intéresser dans la rue !

Mais j'entendis surtout des bruits de pas — lourds et pressés — qui montaient l'escalier puis, dans le couloir, des portes qu'on ouvrait successivement.

Un homme apparut soudain dans l'encadrement de la porte. Bien qu'encore assez jeune, il avait la barbe et les cheveux légèrement grisonnants. Il portait une mallette de cuir d'une façon très professionnelle qui m'inspira immédiatement confiance et apaisa quelque peu ma frayeur.

— Ainsi, lança-t-il, les bavardages de toutes ces

dames de la ville disaient vrai : nous avons bien ici un malade.

Les bonnes manières que j'avais apprises dans les livres ne devaient pas laisser tant que cela à désirer, car lorsque j'eus rassemblé assez de courage, je le saluai avec ces mots :

— Bonjour, monsieur. Êtes-vous médecin ? Venez-vous pour m'examiner ?

Il eut un sourire rayonnant.

— Mais… tu parles ?

— Oui, monsieur.

Il me sembla qu'avoir répondu aussi vite me donnait le droit de poser une autre question.

— Où ont-ils emmené ma mère ? Toute cette agitation, devant la porte, était-ce une ruse pour l'attirer hors de la maison et vous permettre d'y entrer ?

De nouveau il sourit.

— Et futé, avec ça !

Manifestement, il estimait avoir peu de temps devant lui. Il avança jusqu'à mon lit, me prit le bras et le sortit de sous les couvertures. Tirant de sa poche sa montre gousset, il me prit le poignet et me demanda, très poliment :

— Et comment nomme-t-on ta maladie ? Peux-tu me le dire ?

Je secouai la tête.

– Tout ce que je sais, c'est que j'en suis atteint depuis toujours.

Fronçant les sourcils, il me fit signe d'ouvrir la bouche pour en examiner l'intérieur. Il écouta mon cœur, me demanda de respirer plusieurs fois, de plus en plus profondément, puis de tousser. Je dus ensuite me pencher en avant et tousser encore. Ayant remonté mes couvertures, il me tapota les genoux, me pinça les orteils.

– Tu sens quelque chose ?

– Oui !

J'entendis, dehors, les pas précipités de quelqu'un remontant l'allée. D'autres pas suivaient. Il y eut ensuite un bruit que j'identifiai comme celui du bouton de la porte d'entrée que l'on tournait en tous sens. J'entendis les cris de ma mère.

– Qu'avez-vous fait ? Vous m'empêchez de rentrer chez moi ? Ouvrez cette porte ! Ouvrez, vous dis-je !

Et d'autres voix, qui se voulaient toujours apaisantes.

– Venez, Mrs Cunningham. Soyez tranquille, nous ne vous voulons aucun mal.

Comme si de rien n'était, comme si le plus grand

calme régnait dans la maison, le docteur me posa une nouvelle question :

— Peux-tu te lever ?

Avec le recul, je me demande encore aujourd'hui si ce n'est pas un léger soupçon tapi au fond de moi qui me poussa à saisir cette chance et à faire exactement ce que me demandait le docteur, plutôt que de m'épuiser à protester contre le stratagème mis en œuvre par ses complices et lui pour attirer ma mère dehors. En effet, je décidai d'ignorer le raffut que j'entendais en bas, pivotai avec précaution sur mon séant et sortis mes deux jambes maigrichonnes du lit, cherchant de mes orteils le sol froid. Le docteur m'offrit son bras pour m'aider à me stabiliser et je glissai hors du lit, me dépliant progressivement pour atteindre toute ma hauteur, à peine inférieure à celle du docteur.

— Et peux-tu marcher ?
— Oui.

J'avançai jusqu'à la fenêtre. Si j'en avais eu la force, j'aurai soulevé le châssis et me serais penché pour consoler ma mère qui sanglotait. Au lieu de quoi je me tournai pour faire face au docteur qui me regarda, stupéfait.

— Ma foi, mon garçon, tu te portes comme un charme !

– Ma mère dit que...

D'un doigt posé sur sa bouche, il m'imposa le silence.

– Je pense qu'il ne faut pas parler de Mrs Cunningham. Pas avant que ce mystère ne soit résolu.

Comme si le seul fait de prononcer son nom venait de lui rappeler le problème que posait ma mère, il avança jusqu'à la fenêtre à guillotine qu'il ouvrit plus grand que je ne l'avais jamais vue ouverte. Une goulée d'air frais s'engouffra dans la chambre, tandis qu'il se penchait pour envoyer un message muet à ceux qui se trouvaient en bas. Puis il rentra la tête et parcourut la pièce du regard.

– As-tu des vêtements ? De quoi t'habiller ?

Qu'est-ce qu'il s'imaginait ? Que j'étais une sorte d'enfant sauvage élevé au fond d'une grotte ?

– Oui, bien sûr.

Mais lorsque nous cherchâmes dans la penderie, il n'y avait vraiment rien qui pût convenir. L'unique paire de chaussures qui m'appartenait n'aurait pu chausser qu'un enfant nettement plus jeune que moi. Il y avait bien une veste, mais aux manches si étroites que je ne pouvais même plus y passer un poing. Et de toute façon, j'étais distrait par les voix, en bas : « Ne la brutalisez pas ! », « Allons, venez. Inutile de vous débattre. Vous reverrez bientôt votre fils chéri. Venez, maintenant, venez. Voilà, calmez-vous, calmez-vous. »

Ayant brièvement fouillé ma pauvre garde-robe, le visiteur renonça, avec un soupir.

— La robe de chambre fera l'affaire. Noue fermement la ceinture. Il faut partir, maintenant.

3

Partir ?

Une idée toute simple et qui pourtant me donnait la chair de poule. Qu'est-ce que je m'étais imaginé ? Que la vie n'existait qu'entre les pages des livres ? Je promenai mon regard autour de ma chambre, cherchant des excuses pour être dispensé de cette chose effroyable : affronter le monde situé au-delà de la haie de notre jardin.

– Mais... et ma mère ?

Le docteur secoua la tête d'un air perplexe.

– Oui, bien sûr. Ta mère.

Puis, comme il aurait balayé d'un revers de main ce point embarrassant, il me demanda tout à trac :

– Au fait, jeune homme, comment t'appelles-tu ?

– Daniel.

Il me tendit solennellement la main.

— Docteur Marlow.

Connaissant les usages de la politesse, je lui serrai la main et répondis sans hésiter :

— Enchanté, docteur.

Je le vis ciller pour effacer de ses yeux une légère surprise avant qu'il ne réplique :

— Eh bien, Daniel, on peut dire que c'est là une interruption pour le moins brutale de la vie tranquille que ta mère et toi meniez ici. Il lui faudra peut-être quelques jours pour recouvrer ses esprits. Mais en attendant, tu ne peux pas rester seul. Il examina la pièce. Alors dis-moi, y a-t-il quelque chose que tu voudrais emporter et qui t'apporterait un peu de réconfort ?

Je jetai un coup d'œil autour de moi. Cette chambre minuscule était mon univers. Je connaissais aussi bien – voire mieux – les tableaux accrochés aux murs que la vue de la fenêtre. Mais je n'imaginais pas que l'on pût décrocher des tableaux en un clin d'œil pour les raccrocher tout aussi aisément sur un autre mur. Chronos, le dieu du Temps, ne m'avait pas encore donné une seule bonne raison de m'intéresser à lui, je n'avais donc aucune envie d'emporter l'horloge. À vrai dire, hormis les livres de contes, je ne voyais qu'une chose dans cette pièce qui m'eût procuré des heures de plaisir. Beaucoup plus que « un peu de réconfort ». Et il aurait fallu deux hommes forts pour emporter cet objet.

Je haussai les épaules.

Le docteur me pressa de répondre.

— Il n'y a donc, ici, aucun objet auquel tu tiennes ?
— Si, la maison de poupée.
— La maison de poupée ?

Il parut troublé, comme si son premier diagnostic eut été erroné et que je fusse réellement dérangé. Mais je montrai du doigt la forme recouverte d'une housse qu'il avait sans doute prise pour un meuble que ma mère voulait protéger du soleil.

Il souleva un coin de la housse.

— Ceci ?

J'acquiesçai.

Par curiosité, il retira complètement le tissu vert pâle. Et la maison de poupée apparut dans toute sa majesté.

L'air faussement surpris qu'il avait affiché tout d'abord — drôle de choix, pour un garçon ! — se mua en une expression admirative. Il se pencha pour examiner de plus près la maison de poupée. Elle était parfaite, avec ses minuscules gouttes de peinture écarlate qui imitaient des roses grimpant sur la véranda ; son entrelacs de lierre sculpté dans du bois de poirier qui s'agrippait aux murs et rampait autour des fenêtres jusqu'au dernier garde-fou ; ses toits gris très pentus étrangement imbriqués et hérissés de hautes cheminées.

— Elle a été confectionnée avec amour, ça se voit ! murmura-t-il. Il a dû falloir un temps fou, rien que pour faire l'extérieur de cette merveille !

Il avança la main. Je pensai qu'il voulait essayer de trouver le crochet qui permettait à la façade de s'ouvrir en deux, révélant les pièces de la maison et ses escaliers, les passages secrets, le papier peint fané. Peut-être allait-il même fouiller les chambres mansardées et trouver dans leur bric-à-brac une des chaises brodées miniature, afin d'en admirer les points presque invisibles et les pieds en bois, fins comme des aiguilles, soigneusement cirés.

Mais il avait senti, je crois, que jusqu'au choc qu'avait constitué son arrivée inopinée cette maison de poupée était mon seul et unique univers. Il retira vivement sa main, comprenant que l'ouvrir et triturer ces objets serait comme une intrusion dans une propriété privée.

Il se releva et recula, en s'exclamant, d'un ton très poli :

– Un vrai trésor ! Beaucoup trop précieux pour être déplacé à la légère. Mais je veillerai à ce qu'elle ne subisse aucun dommage en ton absence.

Puis, aussi délicatement que l'aurait fait ma mère, il me prit le bras pour me conduire dehors.

4

Je ne fus nullement surpris par notre destination : la maison du docteur. C'était la seule personne que j'avais rencontrée, il m'avait fait sortir de chez moi, il me semblait donc tout naturel qu'il me conduise dans sa demeure et me présente, tout faible et fébrile que j'étais, à sa femme et à ses filles qui ouvrirent de grands yeux étonnés. Ce fut lui encore que j'assaillis de questions, les jours suivants.

– Où est ma mère ? Quand pourrai-je la voir ? N'a-t-elle pas donné de message à me transmettre ?

Questions qu'il s'efforçait d'éluder, jusqu'à ce que sa femme arrivât soudain pour m'entraîner dans la cuisine et la salle à manger, où elle me suppliait d'avaler quelque chose.

– Tu as réussi à grandir, il faut maintenant que tu prennes des forces !

Une chose m'étonnait bien davantage que mon apparente adoption : la maison elle-même. Pour quelqu'un qui avait vécu reclus, c'était passer d'un monde crépusculaire à une floraison de couleurs : la lumière du matin qui pénétrait par les vitraux rouges et taillés en diamant du vestibule, dessinant sur les dalles de grands losanges brillants ; les chandeliers et leurs flammes étincelantes ; les tapis chinois dont les riches motifs entrelacés semblaient tournoyer ; les reflets des rampes d'escalier bien cirées.

Et puis, le fait de vivre dans une maison vibrante de sons et de voix. Alors qu'auparavant je n'entendais que le discret frou-frou de ma mère quand elle venait dans ma chambre, mes oreilles percevaient à présent les bruits de la vie de famille – des portes que l'on ouvre et ferme sans cesse, le gong annonçant les repas, les remontrances maternelles : « Cecilia ! C'est ton manteau qui traîne ici ? Crois-tu que Kathleen et Molly n'ont pas mieux à faire que de ramasser tes affaires ? » « Sophie ! Cesse de marcher de ton pas d'éléphant. » « Mary, ton chat s'est encore sauvé. Regarde s'il n'est pas dans l'allée ! »

Avec moi, Mrs Marlow était la gentillesse même. Ses deux filles aînées et elle se mirent à coudre frénétiquement afin de me constituer une garde-robe.

Pour la première fois de ma vie, on m'encourageait à sortir de la maison – d'abord au bras de quelqu'un, de peur que je trébuche, puis de plus en plus souvent seul. La plus jeune des filles sautillait à mes côtés.

– Daniel, dépêche-toi ! Qu'as-tu besoin de t'arrêter tout le temps ?

C'est qu'il y avait tant à voir : des trains qui passaient au-delà de la haie en crachant des panaches de fumée ; des gouttelettes d'eau qui brillaient sur l'herbe mouillée ; le lapin domestique de Sophie.

– Daniel ! Allez, viens !

Et c'est ainsi que mon petit monde s'agrandissait de jour en jour, en même temps que mes mollets se musclaient.

– Bientôt, tu viendras avec moi à l'école primaire, me taquinait Sophie. Il faudra te plier pour t'asseoir devant le pupitre.

– J'ai peut-être vécu cloîtré, mais je ne suis pas pour autant illettré, rétorquais-je.

En fait, Sophie se moquait bien de savoir si je connaissais le nom des capitales et des ports. C'étaient les autres aspects de ma vie qui l'intéressaient. Mrs Marlow avait défendu à ses filles de me harceler de questions. Si ses sœurs, Mary et Cecilia, respectaient cette interdiction, Sophie, elle, me tombait dessus dès que le docteur ou sa femme quittait la pièce. Avais-je lu tel ou tel livre ? Savais-je dessiner des paysages et des chevaux ? Puisque j'étais tellement affaibli à force d'être alité, ma mère me laissait-elle seul dans la baignoire ou bien restait-elle près de moi ? Devait-elle me laver ?

Ses sœurs s'indignaient.

– Sophie, tais-toi !

– Tu n'as pas honte ?

Ignorant leurs remontrances, elle poursuivait son interminable interrogatoire.

– Tu as d'autres prénoms que Daniel ?

– Oui. Thomas.

Elle considéra un instant ce prénom avec un certain respect, avant de reprendre :

– Et tu es né en quelle année ?

Je le lui dis et elle compta sur ses doigts.

– Ah, alors tu as quatre ans de plus que moi presque jour pour jour ! Et il y a à peine un an de différence entre Mary et toi.

Je souris.

– Donc, Cecilia nous dépasse tous.

– Cecilia ? lança Sophie avec un geste dédaigneux vers sa sœur aînée. Elle est tellement vieille qu'on pourrait presque lui trouver un mari !

Une nouvelle pluie de récriminations.
— Sophie !
— Vas-tu fermer ton bec ?
Rien à faire, l'inquisition continuait. Un jour que nous étions assis devant le feu, Sophie me demanda, à brûle-pourpoint :
— Tu dois bien avoir un père, Daniel ?
Je lançai un regard en coin à Mary et Cecilia. Mais je compris que, sur ce point au moins, elles étaient aussi curieuses que leur petite sœur et qu'elles s'abstiendraient de la faire taire. Elles se contentèrent de baisser la tête et reprirent leur broderie, en attendant ma réponse.
Je fis un effort.
— Ma mère n'aimait pas trop parler de lui. Mais un jour que je l'avais poussée dans ses retranchements, elle m'a dit que Dieu l'avait rappelé à lui, juste avant ma naissance.
— Que Dieu l'avait rappelé à lui ? répéta Sophie, perplexe.
Mary précisa dans un murmure :
— Ça veut dire qu'il est mort.
— Oh, fit Sophie en se tournant vers moi. Mais tu n'as pas d'autres parents ? Des oncles ou des tantes ? Des cousins ?

J'allais secouer la tête, lorsque quelque chose m'arrêta. Il y a de ces bouleversements de l'âme et du corps qui provoquent de véritables chaos. Quand une goutte de pluie tombe dans une baignoire pleine d'eau installée depuis des années à la même place, elle dessine à peine une ride, à la surface. Mais déplacez cette même baignoire et vous brasserez toute l'eau qu'elle contient. Il me revint brusquement un souvenir : j'étais tout petit et je rampais sur le palier lorsque je vis, par une porte entrouverte, ma mère à genoux en train de prier. Du fond de ma mémoire montait le son étouffé de sa voix suppliante demandant au Seigneur de protéger son cher petit Daniel et son oncle Se...

Il me manquait la fin du prénom. Maintenant que j'étais plus grand, il m'en venait à l'esprit toute une kyrielle. Sebastian ? Séraphin ? Septime ? Tout ce qui me restait de ce souvenir d'enfance fugitif comme l'éclair était l'image de ma mère se retournant et me voyant dans l'encadrement de la porte : subitement, pâle comme la mort, elle avait interrompu sa prière.

5

Était-ce là un vrai souvenir ? Ou juste le fragment d'un rêve soulevé par le tourbillon de mon emménagement dans cette maison ? Chaque fois que j'avais questionné ma mère à propos de notre famille, elle m'avait répondu que nous n'en avions aucune. Et pourtant, elle avait menti sur mon état de santé. Elle pouvait donc m'avoir trompé à d'autres occasions. Aussi, pour être le plus près possible de la vérité, je me contentai de répondre à Sophie :

— Je crois que ma mère était une personne effacée, et sans aucune famille.

— Aucune famille.

Je la vis réfléchir.

— Mais il y avait au moins des gens qui vous rendaient visite, non ?

Je me remémorai tous les coups frappés à notre porte, avant ceux qui avaient déclenché le chaos.

– Oui. Le garçon boucher venait tous les jeudis matin. Et Martin, le commis de l'épicier, deux fois par semaine si quelque chose avait été oublié. Mais à part ça...

– Pas d'amis comme nous ? (Sophie avait l'air horrifié.) Pas de compagnie du tout ?

Je lui souris.

– Est-ce si difficile pour toi d'imaginer que quelqu'un puisse survivre sans l'enrichissante compagnie de Sophie Marlow ?

Elle se jeta sur moi et me tira les cheveux.

– Arrête de m'embêter ! Arrête !

Puis elle recommença à me bombarder de nouvelles questions. Est-ce que je parlais français ? Avais-je déjà vu une souris vivante ? Est-ce que j'aurais voulu avoir une petite sœur comme elle ?

Cette fois, ce fut Mrs Marlow qui vint à mon secours, en me faisant sortir de la pièce afin de m'interroger à son tour.

– Daniel, maintenant que tu as récupéré assez de force pour venir avec nous jusqu'à l'église, je voudrais savoir une chose : es-tu chrétien ?

Je ne savais trop que lui répondre. Je faisais mes

prières, je ne volais pas, je ne connaissais ni l'envie ni le mensonge. Mais quant à savoir ce qu'elle entendait par là...

Elle remarqua mon trouble.

— Es-tu baptisé ?

Une fois de plus, je sautai sur l'occasion de renouveler la question que je posais inlassablement depuis des semaines.

— Si j'allais demander à ma mère ? Elle le saura, elle !

Comme toujours dans ces moments-là, la douce Mrs Marlow se trémoussa sur sa chaise, visiblement mal à l'aise, et se contenta de répondre :

— Le prêtre dit n'avoir trouvé aucune trace de ton baptême. Mais il m'a affirmé que ce ne serait en aucun cas un blasphème que le faire une seconde fois, par acquit de conscience.

Si bien que le lendemain matin, on m'emmena dans la plus grande discrétion à l'église pour me faire baptiser. Je me tenais solennellement debout, comme n'importe quel autre croyant implorant la grâce de Dieu, et cependant mon regard était irrésistiblement attiré par toutes les merveilles qui m'entouraient : les scènes de la vie des saints représentées sur les vitraux, l'énorme aigle en cuivre portant une Bible géante sur ses ailes déployées, les anges de pierre, les grands tombeaux.

Autant de choses auxquelles j'avais été soustrait ! Sur le chemin du retour, Sophie me tira par la manche et me souffla, sans que sa mère n'entende :

— Maintenant, on est enfin sûrs que tu n'es pas un mécréant !

Elle me taquina jusqu'à la maison. À peine avions-nous franchi la porte qu'elle m'arracha un de mes souliers neufs. Je la pourchassai dans un escalier, redescendis par l'autre, toujours à ses trousses, jusqu'à ce qu'elle se jette sur un canapé, hors d'haleine. Elle me lança mon soulier, en pleurnichant.

— Tu vois ? Tu m'as couru après dans toute la maison et maintenant, à cause de toi, je ne peux presque plus respirer ! Comment as-tu pu être assez stupide pour te croire malade au point d'être obligé de vivre enfermé !

Pour une raison évidente à mes yeux.

— Parce qu'on m'avait dit que j'étais malade.

Se penchant brusquement en avant, Sophie déclara avec force :

— Pourtant, père, lui, dit que tu vas très bien. Même tes jambes sont solides et le seront de plus en plus, maintenant que tu t'en sers.

— Eh bien, c'est parce que ma mère, même si elle s'est trompée...

Sophie ne pouvait manifestement pas entendre ce genre d'argument.

— Ta *mère*? Mais voyons, d'après Kathleen tout le monde, en ville, sait que ta pauvre mère est folle.

Pour Mary et Cecilia, c'en était trop. Elles se ruèrent sur leur jeune sœur pour la faire taire.

— Assez, Sophie ! Tu pourrais être un peu plus discrète !

— Et plus charitable !

— Mais c'est la *vérité* !

Mary et Cecilia l'attrapèrent par le bras pour la faire sortir de force, mais Sophie se retourna.

— Réfléchis bien, Daniel ! Quelle autre raison aurait pu la pousser à t'enterrer vivant ?

Je regardai la porte se fermer derrière les trois filles, m'efforçant de dissiper mon malaise et de me dire que, même si Mary et Cecilia l'avaient fait par gentillesse, c'était vraiment grotesque d'expulser Sophie, sous prétexte qu'elle avait lancé cette bêtise. Certes, ma mère avait organisé notre vie d'une étrange façon, inexplicable. Et on pouvait difficilement écarter l'idée affreuse qu'elle m'avait ainsi volé toute mon enfance. Celle de Sophie était délicieuse et riche comme un gros gâteau moelleux, rehaussé de couleurs, fourré de millions d'images, de sons et de sensations ; en comparaison, mon enfance à moi n'était qu'une maigre bouillie de gruau. Et malgré tout, ma mère et moi n'étions pas malheureux. J'étais bien avec elle. Et même si j'avais parfois l'impression qu'elle se sentait poursuivie par le mauvais sort, ma mère était bien avec moi.

Était-il possible qu'elle fût folle ?

Folle ?

Non, pas ça ! Jamais de la vie !

6

Sophie revint peu après, flanquée de ses deux sœurs qui affichaient un air grave. Elle s'était sûrement fait gronder : on voyait qu'elle avait pleuré. Mary et Cecilia restèrent près d'elle comme deux gardes-chiourmes, le temps qu'elle présente ses excuses.

– Pardon, Daniel. Je n'aurais pas dû dire ça. C'était stupide de ma part. Je ne parlerai plus sans y avoir été invitée.

Mais était-ce sa faute ? Apparemment, l'histoire de ma découverte était l'événement dont tout le monde parlait en ville, le plus fascinant que l'on eût connu depuis des années. Sophie révélait chaque jour de nouveaux potins colportés par les domestiques.

– Kathleen dit que le ramoneur est passé ce matin. Et il lui a raconté que, bien que tu sois chez nous depuis plusieurs semaines, Mrs Parker continue à s'inventer toutes sortes de prétextes pour rendre visite à ses amies et se vanter d'être la première à t'avoir aperçu.

Par-dessus son épaule, je vis ses sœurs commencer à froncer les sourcils. Mais Sophie était partie sur sa lancée.

– Et Mrs Parker dit que, même si tu vivais à Hawthorn Cottage depuis ta naissance, ou presque, ce n'est que l'été dernier, un après-midi, en passant devant votre jardin…

– Et en se penchant pour regarder par un trou, dans la haie ? railla Mary.

Sans tenir compte de sa remarque, Sophie continua :

– … elle t'a vu pour la première fois, tassé dans une chaise roulante, à l'ombre, emmitouflé dans des couvertures. Elle a pensé que tu étais un jeune visiteur venu se reposer chez Mrs Cunningham en attendant sa convalescence. Mais elle t'a revu quelques semaines plus tard.

À cet instant, le docteur Marlow entra. Il avait dû entendre la dernière phrase, car il intervint à son tour, pour exprimer les mêmes soupçons que Mary.

– Disons plutôt qu'elle a aperçu ce pauvre garçon par le trou qu'elle avait fait elle-même dans la haie.

Mais Sophie, prise par son histoire, poursuivit :

— Elle a trouvé ça très bizarre, dans la mesure où ta mère ne recevait jamais personne. Et en plus tu n'avais pas l'air d'aller tellement mieux...

— Ah! coupa de nouveau le docteur Marlow. Si seulement je pouvais établir mes diagnostics avec autant de rapidité et de certitude que Mrs Parker !

Je ne pus m'empêcher d'éclater de rire. Pour moi qui n'avais connu que la présence austère de ma mère, le fait de me trouver dans cette immense pièce, avec des parents et des enfants qui entraient et sortaient sans cesse, s'interrompaient à tout bout de champ, se querellaient, se taquinaient, plaisantaient à qui mieux mieux, me donnait l'impression d'être entré dans un des livres que j'avais lus et relus pour tuer le temps. Je crois que je n'aurais pas été surpris d'entendre le docteur Marlow déclarer de but en blanc que nous allions prendre des canoës pour remonter l'Amazone ou attacher un panier d'osier sous une montgolfière pour aller traverser la Manche.

Je cessai de rire quand je me rendis compte que le docteur m'observait. Son visage avait la même expression de stupéfaction que la première fois que je lui avais serré la main, dans ma chambre, puis en bien d'autres occasions depuis que j'habitais chez lui. Quelques instants plus tard, il profita de ce que les filles se chamaillaient à propos de la couleur d'une soierie que Mary devait assortir à sa tenue, pour me faire signe de le suivre.

Avait-il des nouvelles de ma mère ? Ou bien avais-je commis quelque faux pas, dans cette vie toute neuve ? Mon cœur se mit à battre. On venait de me rappeler que je n'étais pas un membre à part entière de cette famille joyeuse, chaleureuse et rassurante, aussi je quittai mon tabouret près de la cheminée et me dirigeai vers la porte.

Le docteur Marlow m'attendait dans le couloir. Il me prit par l'épaule et me dit :

– Suis-moi dans mon bureau. Il faut que nous parlions.

Je ne pus m'empêcher d'exprimer mon inquiétude.

– Ai-je fait quelque chose de mal ?

Il rit.

– Mais non, pas du tout.

Et, plus sérieux, il ajouta :

– Simplement, il y a quelque chose qui m'échappe.

Nous entrâmes donc dans son bureau où il m'invita à m'installer à mon aise dans un fauteuil et approcha le sien si près que nos genoux se touchaient presque. Il semblait ne pas savoir par où commencer. Finalement, il dit dans un soupir :

— Inutile d'y aller par quatre chemins. Daniel, je dois t'avouer qu'il y a une chose qui reste pour moi un mystère.

J'attendis.

Il se passa assez longtemps avant qu'il ne reprît la parole.

— Si ce que j'ai compris de ta vie d'avant est vrai, tu es resté pendant toutes ces années pratiquement cloîtré, sans jamais respirer l'air pur ni jouir de quelque compagnie que ce soit.

Ce n'était pas tout à fait exact.

— J'avais tout de même celle de ma mère, objectai-je.

Il ne chercha pas à dissimuler le peu de cas qu'il faisait de cet argument.

— Et pourtant, tu t'es très bien adapté à notre maison pleine de bruits et d'agitation.

J'étais stupéfait. Un grand silence s'installa.

— Peut-être *trop* bien, avança-t-il au bout d'un moment.

— *Trop* bien ?

Il sourit.

— Sophie t'apporte son lapin, tu passes tes doigts dans sa fourrure et te voilà en extase, comme si tu n'avais jamais rien touché de pareil.

— C'est que ça ne m'était jamais arrivé, docteur Marlow. Je n'avais jamais touché d'animal vivant.

— Quand nous marchons jusqu'à la rivière, tu tombes en arrêt devant toutes les vaches.

— Elles sont tellement *énormes* ! Tellement plus lourdes qu'elles n'en ont l'air dans les livres. En plus, quand Sophie s'est penchée par-dessus la barrière pour en flatter une, un nuage de poussière s'en est échappé !

Il sourit.

— Les couchers de soleil te fascinent.

— Je n'avais jamais vu de tels ciels, avant. Ma chambre donnait au nord.

— Bref, ces dernières semaines, je t'ai observé en train de découvrir le monde comme le ferait un tout petit enfant : la première pluie sur ta tête ; la première fois que tu as descendu l'escalier sans te tenir à la rampe. Et quand je t'ai surpris à contempler, dans une des casseroles de Kathleen, le porridge en train de bouillir, je te jure que tu avais l'air aussi béat que si tu avais eu sous les yeux l'élixir de longue vie.

Il écarta les bras, perplexe.

– Tout est nouveau pour toi, Daniel. Tout est nouveau (il se pencha soudain vers moi) sauf les *gens*.

– Les gens ?

Il examinait à présent le dos de sa main, comme s'il était mal à l'aise.

– Je veux dire par là que, si tu n'as jamais rencontré personne, où as-tu appris à t'adresser avec la politesse d'usage à un homme comme moi, en disant « Monsieur », ou à une femme comme mon épouse en disant « Madame » ou « Mrs Marlow » ? Où as-tu appris à différencier une taquinerie d'un propos authentiquement méchant ? Comment se fait-il que tu n'aies jamais été décontenancé par mes filles qui ne cessent d'aller et venir d'une pièce à l'autre, par Sophie qui te tire les cheveux pour attirer ton attention ?

Une fois encore, il écarta les bras pour exprimer son incompréhension.

– Alors Daniel, je me demande comment, enfermé dans cette chambre avec ta mère pour seule compagnie, tu as pu apprendre à être aussi à l'aise dans une famille.

– En lisant, proposai-je.

Il n'était pas convaincu.

— En effet, j'admets que la lecture a pu t'aider à *comprendre* le monde et son fonctionnement. Tu dis toi-même qu'il y avait des vaches dans les livres, mais jamais aussi lourdes et poussiéreuses que les vraies ! Seulement, les gens sont bien plus difficiles à comprendre que les vaches. Et j'ai remarqué une réelle aisance, dès le départ, dans ta façon de t'acclimater à la vie chez nous, de prendre la parole à table, de taquiner Sophie, de savoir avant tout le monde que Mary est fâchée ou Cecilia fatiguée…

J'aimais déjà tellement cet homme que je fus ravi de pouvoir répondre à sa place.

— Oh, il n'y a rien d'extraordinaire à cela ! J'ai toujours vécu ce genre de vie. Mais à l'intérieur de la maison de poupée.

7

Le docteur me dévisageait, médusé.
– À l'intérieur de la maison de poupée ?
Alors je lui racontai tout : comment j'attendais de voir le faisceau de lumière du chandelier passer près de la porte de ma chambre, quand ma mère allait se coucher ; comment je me glissais sans bruit hors de mon lit et rampais jusqu'à la maison de poupée. Étant donné que je dormais à longueur de journée, je n'avais pas du tout sommeil, le soir, et si la lune brillait dans le ciel, je pouvais passer toute la nuit à inventer des drames dans mon monde miniature, à imaginer toutes sortes de contes, des aventures glorieuses aussi bien que de petites scènes de la vie domestique. Tout était miniature, sauf la passion de mes personnages. Je lui parlai de toutes ces poupées : des pinces à linge en bois, rondes à une extrémité et fendues au milieu, et dont la tête était peinte. Je lui

parlai de Mrs Golightly, parée d'une magnifique robe d'un blanc immaculé ; de Rubiana, la délicate poupée aux yeux bleus et à la chevelure luxuriante, qui affichait une petite moue, sous les deux ronds rouges de ses joues.

– Je vous les montrerai quand je retournerai chez moi.

Emporté par ces souvenirs, je décrivis encore Topper le chien, trop grand et trop pataud pour rentrer facilement dans la maison de poupée : il était un peu pelé par endroits mais toujours prêt à japper pour prévenir, lorsque mes histoires l'exigeaient. Et Hal, le prince qui ne fut prince que jusqu'au jour où, lassé de mes histoires de rois qui n'en finissaient pas, je brisai sa couronne.

Le docteur sourit.

– Ah, ah ! Si jeune et déjà républicain !

Je ne compris pas bien sa remarque que je pris pour une légère moquerie.

– Je ne voulais pas que ma mère sache que je m'étais levé, poursuivis-je. Aussi, le lendemain, j'attendis que le commis du boucher frappe à la porte. Alors qu'elle allait descendre pour lui ouvrir, je lui demandai de me passer Hal. Dans sa hâte, elle ne remarquerait rien. Quand elle revint, je fondis en larmes, disant que je l'avais fait tomber du lit et que sa couronne s'était cassée.

Le souvenir de ma mère assise à mon chevet, toujours calme et silencieuse, me revint avec force. J'eus soudain terriblement envie d'être de nouveau là-bas, dans ma vie d'avant, en sécurité dans mon lit. Les larmes me montèrent aux yeux et mon estomac se crispa si fort que j'en eus presque le souffle coupé. Était-ce possible que j'aie la nostalgie de chez moi, ce sentiment que je ne connaissais jusqu'alors que par mes lectures ?

Il me semblait injuste d'avouer à cet homme si bon et si généreux que je désirais ardemment retrouver ma mère et ma sinistre maison. Mais je parvins à lâcher :

– Elle était tellement gentille avec moi ! Cet après-midi-là, elle a mis de côté son propre ouvrage et elle a fabriqué au crochet un petit béret rouge pour dissimuler la cicatrice sur le crâne de Hal.

Il s'adossa pour me laisser le temps de sécher mes larmes avant de reprendre son interrogatoire.

– Alors comme ça, quand il y avait des histoires dont un jeune homme aurait pu être le héros, c'était la poupée Hal qui tenait ce rôle ?

Je rougis.

– Parfois, oui.

Il secoua la tête, ébahi.

– Tu as donc appris à vivre en société, uniquement par la force de ton imagination et grâce à une superbe maison de poupée que ta mère t'avait achetée.

Je savais bien que les garçons ne sont pas censés jouer à la poupée.

– Elle ne l'avait pas achetée pour moi, m'empressai-je de préciser. Cette maison de poupée était la sienne, quand elle était petite. Elle s'appelle High Gates, c'est la réplique exacte de la maison où ma mère est née. Et elle se trouvait dans la pièce dans laquelle fut installé mon lit.

– Pour ainsi dire une remise, tant par sa taille que par sa fonction, commenta sèchement le docteur Marlow.

Voulait-il dire que ma mère m'avait enfermé moi aussi dans ce réduit comme un objet encombrant dont elle avait hérité par hasard ? Je pris sa défense.

– Elle avait une bonne raison de mettre mon lit dans cette pièce ! Quand j'étais bébé, mon berceau était installé dans le grand salon qui donne sur la rue. Alors un jour, je lui ai demandé si je ne pourrais pas y retourner, pour avoir plus de choses à voir, mais elle m'a répondu qu'à cause de ses baies vitrées, le salon était « plein de courants d'air » et que c'était trop risqué pour moi.

Nouvelle expression moqueuse sur le visage du docteur.

– À cause des courants d'air, peut-être, mais surtout à cause de la curiosité des passants, non ?

Je n'y avais jamais pensé, mais il avait évidemment raison. C'était bien pour cela que, dès que j'avais été assez grand pour regarder par la fenêtre, ma mère m'avait remis dans cette minuscule pièce sans soleil.

Et c'était pour la même raison qu'elle avait refusé de me réinstaller dans le salon.

C'est curieux qu'un détail aussi infime puisse vous faire entrevoir la vérité. Subitement, l'idée que ma mère put être folle ne me semblait plus aussi grotesque. J'en avais le vertige, comme si mon petit monde déjà bien ébranlé subissait une nouvelle secousse. J'avais envie de vomir. Cependant, le docteur Marlow me dévisageait d'un air grave. Et nous étions seuls. Alors, maintenant que cette idée avait franchi toutes les barrières que j'avais pu dresser pour l'empêcher d'atteindre mon cerveau, il fallait que je pose la question.

– S'il vous plaît, docteur Marlow. Est-ce vrai ce qu'on dit, en ville, à propos de ma mère ?

Il rougit, visiblement courroucé.

– Les gens feraient mieux de garder leur opinion pour eux!

Il fit un effort pour se reprendre.

– Mais s'il y a des bruits qui courent, il vaudrait mieux que tu me dises de quoi il s'agit.

Je baissai la tête.

– On dit que ma mère est...

J'avais tellement peur à présent que ce fût vrai, que je n'arrivais pas à le formuler.

Il m'encouragea :

– Est... ?

Je parvins tout juste à murmurer :

– Qu'elle est à moitié folle.

Le silence qui suivit me parut durer une éternité. Tout ce que le docteur trouva à répondre, ensuite, fut :

– Il est vrai que ta mère n'est pas bien du tout.

Des larmes commencèrent à ruisseler sur mes joues. Je me sentais tellement coupable! Comment avais-je pu passer toutes ces heures, depuis que nous étions séparés, à rire, à apprendre de nouveaux jeux de cartes, à pourchasser Sophie dans les escaliers? J'aurais dû être auprès de ma mère du matin au soir, et la nuit, même, au besoin. Comment avais-je pu être assez naïf pour penser qu'elle se remettrait du choc de mon départ aussi vite que je m'étais habitué à ma nouvelle situation ? Que m'étais-je donc imaginé ? Qu'elle allait vaguement déplorer que son projet fou de m'élever comme un infirme échoue à cause d'un stratagème de ses voisins, et qu'aussitôt après elle sécherait ses larmes et admettrait qu'il était plus raisonnable de me laisser m'ouvrir au monde ?

Avais-je donc cru que notre problème serait balayé par cette courte séparation ? Quel imbécile !

Sous l'effet de la colère – ou de ce que j'imaginais l'être, puisque je ne connaissais pas encore ce sentiment – je devins cramoisi et lançai au docteur Marlow :

– Qu'avez-vous fait ? Ma mère doit être au désespoir de ne plus me voir ! Pourquoi m'avez-vous laissé l'abandonner ?

Il voulut me calmer en posant sa main sur mon bras.

– Il ne faut pas raisonner ainsi, Daniel.

Je me reculai pour esquiver son geste.

– Emmenez-moi à l'hôpital ! Il faut que je la voie !

– Pas maintenant. Elle n'est pas prête.

Mais moi je brûlais d'impatience.

— Si, je suis certain qu'elle l'est ! Elle ne peut quand même pas être folle au point de ne pas se réjouir d'embrasser son fils !

Le docteur fut catégorique.

— Daniel, son cerveau est vraiment dérangé. On ne peut dire de quel côté il va basculer. Crois-moi, c'est mieux ainsi. Si tu aimes ta mère, comme j'en suis convaincu, tu dois me faire confiance et prendre ton mal en patience.

Il était médecin. Et sa famille et lui avaient été adorables avec moi. Je fis un effort pour retrouver mon calme.

— Vous me promettez qu'elle ira mieux ?

Il prit son temps pour répondre. Et même alors, voilà tout ce qu'il put dire :

— Tu es un garçon intelligent, assez intelligent pour comprendre que je ne peux pas te faire une telle promesse. En revanche, dès que j'aurai la certitude que le fait de te voir ne risque pas de la perturber davantage, tu pourras lui rendre visite, je t'emmènerai.

Je savais que je n'obtiendrais rien de plus. Je devais me faire à cette idée. Peut-être étais-je un fils ingrat et irréfléchi. Mais j'étais jeune encore. Je me laissai bien vite distraire par le confort et la joie de la famille du docteur, par la gentillesse et la sollicitude de sa maisonnée. Je dois me pardonner cette insouciance, comme je dois pardonner aux gens de la ville qui, me voyant escalader des clôtures avec Sophie ou porter les paquets de Mrs Marlow lorsque nous faisions des courses, me prirent pour un garçon insouciant et heureux.

8

Quelques jours plus tard, une épidémie s'abattit sur la ville. Dans la semaine qui suivit, c'est à peine si nous vîmes le docteur Marlow. Nous n'apercevions que sa queue-de-pie, entre deux portes, ou son visage blême lorsqu'il rentrait prendre un repas sur le pouce. Par mesure de prudence, il mangeait seul.

– Ne m'approchez pas, les filles ! Non, toi non plus, Daniel ! Pas pour l'instant. Je suis pestiféré !

Je le trouvais fort courageux et me demandais si, plus tard, je ferais des études de médecine. Comme ce serait étrange d'avoir passé mes premières années infirme et de consacrer le reste de ma vie à soigner des malades. Mais depuis que le précepteur de Mary et Cecilia avait pris la mesure de ce qu'il appelait les «lacunes béantes» de mon éducation et que Mrs

Marlow avait décidé de me faire la classe quotidiennement, je me faisais à l'idée qu'un jour il faudrait bien que je gagne ma vie.

Alors le matin suivant où j'aperçus le docteur Marlow au moment où il attrapait sa mallette pour sortir, je me penchai au-dessus de la rampe et je lui lançai :

— Je peux venir avec vous ? Je peux vous aider ?

Il leva la tête vers moi et rit.

— Tu sais, Daniel, s'il y a une personne, une seule, qui peut se promener en ville cette semaine sans aucun risque, c'est bien toi.

— Comment cela ?

— Regarde-toi ! répondit-il. Je suis certain qu'il n'y a pas de gaillard plus solide à quarante kilomètres à la ronde. Combien d'enfants privés comme toi d'air frais ou d'exercice auraient été capables d'atteindre ton âge sans qu'une seule fois leur mère ait besoin d'appeler le médecin pour les sauver de la mort ?

Je n'avais jamais vu les choses sous cet angle. Tandis que je méditais là-dessus, il ajouta :

— Si tu veux te rendre utile, aide ma pauvre femme à distraire Sophie, le temps que l'épidémie soit passée. Il paraît qu'elle ne tient plus en place tellement elle s'ennuie, et Mary et Cecilia se plaignent de ne pas pouvoir lire une page d'un livre ni aligner deux points de broderie sans qu'elle leur casse les pieds.

Je repensai aux longues heures vides que j'avais dû occuper.

— Et si on faisait venir ici la maison de poupée ?

— Ta maison de poupée ? demanda-t-il, tout content. Tu serais d'accord ?

— Si elle peut être utile, pourquoi pas ?

— Dans ce cas, je vais l'envoyer chercher dès cet après-midi !

Il disparut en coup de vent. Moins de deux heures plus tard, j'entendis une charrette brinquebaler dans la rue. Je descendis l'escalier quatre à quatre pour tenir la porte, tandis que deux hommes en blouse kaki apportaient le fardeau enveloppé de sa housse de protection d'un vert fané.

Ils le déposèrent précautionneusement par terre dans le vestibule, puis ôtèrent la housse.

J'entendis derrière moi des cris admiratifs.

— Une maison de poupée ?

Sophie arrivait en courant de l'autre bout du vestibule.

— Quelle merveille ! C'est fantastique !

Elle s'arrêta brusquement.

— Oh là là ! Mais elle est parfaite ! Les fenêtres s'ouvrent ? Daniel, elle est vraiment à toi ? Et il y a des poupées, dedans ?

Mary s'approcha en hâte pour la retenir.

— Sophie ! Sophie ! Daniel préférerait peut-être que tu ne tripotes pas la seule chose qui lui vient de chez lui.

Une façon brutale — quoique tout à fait involontaire j'en suis sûr — de me rappeler que j'avais bel et bien été déraciné. Ses mots me frappèrent. Je scrutai la maison de poupée. Sortie du clair de lune, elle ressemblait plutôt à un jouet qu'au monde miniature qu'elle avait toujours été à mes yeux.

Sophie continuait à jacasser.

— Oh, Daniel. Elle est tellement jolie, cette petite maison ! Regarde les minuscules roses peintes autour de la porte. Je peux jeter un coup d'œil à l'intérieur ? Oh, s'il te plaît, Daniel !

Je reculai pour lui laisser la place de s'accroupir devant la maison de poupée. Elle souleva le loquet qui bloquait l'ouverture de la façade.

— Regarde-moi ça ! Regarde ce méli-mélo ! Un marin, une fille de ferme et deux princesses. Un joli petit clown. Et deux brigands moricauds !

Manifestement, avant d'emporter la maison, les hommes en blouse y avaient jeté pêle-mêle les poupées qu'ils avaient trouvées à côté. Sophie jubilait.

– Il y a même un petit chien tout pelé ! Le pauvre. Je vais l'appeler Popsy !

– Il s'appelle Topper, corrigeai-je.

Elle leva les yeux vers moi, honteuse de son audace.

– Oh, pardon, Daniel. Bien sûr, tu leur as déjà donné des noms.

– Il n'y a pas de mal. Les poupées sont là pour que tu joues avec.

– Mais il faut que tu me les présentes.

Alors je passai tous les noms en revue, la laissai ouvrir toutes les portes et regarder dans les chambres aux murs tapissés.

– Ça, c'est la chambre de Hal ! Non ! Plutôt celle de Rubiana. Je vais la mettre au lit, maintenant. Elle doit être fatiguée, après un pareil voyage.

Si les histoires que Sophie inventait pouvaient lui faire passer le temps, tant mieux. Lorsque Mrs Marlow revint de ses visites de bienfaisance en ville, je lui dis que l'on pouvait mettre la maison de poupée là où Sophie voulait.

9

Elle fut installée dans le petit salon, devant la porte-fenêtre. Sophie était aux anges. Dans la dernière phase de l'épidémie, alors que les malades les plus résistants commençaient à se remettre, elle joua avec les poupées qu'elle avait trouvées jetées n'importe comment dans la petite maison. Je l'entendais imiter les jappements de Topper, le chien, furieux après la jolie Rubiana qui ne cessait de l'asticoter, ou les coups frappés à une porte par le prince Hal découronné. Que de fois j'étais resté accroupi comme elle, dans le clair de lune, à inventer le même genre de conversations enfantines et d'histoires sans queue ni tête ! Heureusement qu'il n'y avait que les araignées pour m'entendre et rougir à ma place.

Lorsque la porte du salon était ouverte et que Sophie me voyait passer, elle m'appelait pour me faire jouer le rôle d'une des poupées. Un matin, je ne pus y échapper.

– Alors, toi tu serais Topper.

Elle me colla le chien dans la main et fit avancer vers lui la poupée en pince à linge.

– Il grognerait très fort, parce qu'il aurait très très peur de Mrs Hawthorn qui arrive.

– Mrs Golightly, rectifiai-je.

Le rouge lui monta aux joues.

– Oh, que je suis bête ! Désolée, Daniel.

Elle semblait tellement penaude que je m'en étonnai.

– Pourquoi dis-tu que tu es bête, Sophie ?

– Parce que... parce que...

Elle paniquait, mais je l'encourageai à continuer.

– On ne la voyait que par-dessus le portail du jardin, tu comprends. Nous ne connaissions pas son *vrai* nom.

Je ne comprenais rien à ce qu'elle me racontait. Les poupées ne sortaient jamais.

Sophie poursuivit.

– Ce n'était pas par manque de respect. Mais ta mère, nous ne la voyions que dans le jardin, et comme ta maison est connue sous le nom de Hawthorn Cottage, nous l'appelions Mrs Hawthorn, entre nous.

Nous ne savions pas que son vrai nom était Cunningham.

J'étais abasourdi.

— Sophie… mais… de qui parlons-nous ? De ma mère ou d'une poupée ?

— Des deux.

— Comment ça des deux ?

Elle parut surprise que je sois trop stupide, moi aussi, pour comprendre.

— Eh bien regarde ! C'est son portrait tout craché.

Détaillant la poupée de bois, je vis pour la première fois la ressemblance : le même regard intense et direct ; les mêmes yeux noirs perçant un visage fin ; la même robe d'une simplicité très étudiée. J'avais imaginé, sans doute, que toutes les poupées de bois du monde étaient les mêmes. (S'il n'y avait pas eu autant d'illustrations, dans mes livres, j'aurais pensé aussi que toutes les mamans du monde se ressemblaient.)

Mais c'était logique. La maison de poupée avait été construite comme une réplique exacte de la maison d'enfance de ma mère, alors qu'y avait-il de si étrange à ce que les poupées représentent les membres de sa famille ? Si ça se trouve, en vieillissant, ma mère s'était mise à ressembler à une des grands-mères que j'avais forcément eues – pourtant, pour connaître la vérité là-dessus, il aurait fallu que je la brutalise, car à chaque fois que je la questionnais sur son enfance ou sa famille, elle m'opposait tantôt des flots de larmes, tantôt un silence obstiné.

Sophie me dévisageait avec tant d'inquiétude que, pour la rassurer et lui redonner confiance, je répondis par une boutade :

— Et vous avez passé combien d'heures, tes sœurs et toi, à espionner, par-dessus notre portail ? Vous auriez dû aller plus loin dans l'allée pour épier votre Mrs Hawthorn, vous l'auriez bien mieux vue à travers le trou que Mrs Parker avait fait dans notre haie.

Sophie gloussa et m'attrapa la main pour l'amener jusqu'à terre.

— Allez, Daniel, on joue. Comment veux-tu que ce chien jappe comme il faut s'il reste suspendu en l'air ?

Je me prêtai donc à son jeu. Avec plaisir, d'ailleurs. Mais la simple évocation de Mrs Parker avait relancé la machine et délié la langue de la jeune Sophie. Pendant les deux heures suivantes, elle n'arrêta pas. Elle me raconta que les dames du voisinage avaient toujours trouvé ma mère bizarre – une femme seule n'ayant aucune amie et ne cherchant nullement à s'en faire... Mais du jour où l'une d'elles me vit dans le jardin, les commérages reprirent de plus belle. Le garçon boucher assurait que, dans ses livraisons, il y avait bien trop de viande pour une veuve toute seule...

– Une veuve toute seule, intervins-je d'un ton docte, et surtout une veuve en bois, maigre comme une pince à linge.

– Oh, arrête de me faire marcher ! s'écria Sophie avant de me raconter comment Mrs Parker et Miss Gott avaient envoyé une délégation chez son père pour le convaincre d'aller examiner le jeune infirme tout pâle qu'elles avaient aperçu dans le fauteuil en osier. « Sa famille n'a peut-être pas les moyens de payer la visite du médecin, avaient-elles précisé. Mais ne vous en faites pas pour cela, nous nous engageons à régler vos honoraires, si vous pensez que cela peut aider cet enfant. »

Alors le docteur Marlow était venu sonner à notre porte, se découvrant poliment devant ma mère. Celle-ci s'était montrée tout à fait aimable, jusqu'au moment où elle avait compris qui était le père de Sophie et pourquoi il venait. Dès lors, ses yeux s'étaient mis à lancer des éclairs et elle lui avait claqué la porte au nez.

— C'est vrai ? Ma mère a claqué la porte au nez du docteur Marlow ?

— Les gens ne parlaient plus que de ça ! Là-dessus, bien sûr, ils ont commencé à se demander si elle avait toute sa tête. En quelques jours ils avaient inventé un stratagème pour l'attirer hors de la maison. Et c'est comme ça que papa a pu s'introduire chez vous et aller te voir.

Je fus submergé par un flot de pensées contradictoires. Certes, je ne regrettais pas d'avoir été... que fallait-il dire ? sauvé ? libéré de mon confinement dans ce réduit ? Mais je savais que ma mère détestait que l'on fasse intrusion dans sa vie. Et comme je l'aimais beaucoup, j'avais l'impression de l'avoir trahie. Voilà sans doute pourquoi j'essayai de tourner en dérision cet événement qui avait bouleversé l'existence de ma mère.

— Sophie, tu es une véritable mine d'informations. Si jamais j'ai besoin de savoir quoi que ce soit sur moi-même, je saurai à qui m'adresser.

— Tu te moques encore de moi. Allez, on reprend le jeu !

Contrainte, comme nous tous, de rester à la maison pendant les semaines que dura l'épidémie, elle glanait aussi des nouvelles à l'office. Elle passait des heures à importuner la pauvre Kathleen devant ses fourneaux ou à supplier Molly de lui laisser passer la serpillière ou préparer le feu dans les cheminées. Un après-midi, nous jouions depuis une demi-heure, lorsqu'elle me dit tout à coup : « Aujourd'hui, il y avait des mandarines, au marché. On en aura une chacun au déjeuner. » Puis : « Il y a une collecte pour acheter une jambe de bois à Mr Mackay qui a perdu la sienne dans un accident. »

Un autre jour, elle franchit la porte battante qui séparait la cuisine du vestibule, aussi précipitamment que si elle avait été en patins à roulettes.

— Daniel ! Kathleen m'a dit que ta maison était prise !

— Prise ?

J'eus une vision de Hawthorn Cottage prise d'assaut par des soldats armés jusqu'aux dents.

— Comment ça, prise ?

— Elle est louée. Occupée par une nouvelle famille. Une famille avec quatre enfants, d'après Mrs Parker. Un enfant par année de mariage.

Mrs Marlow, qui traversait le vestibule, un vase dans les mains, s'arrêta net.

— Sophie !

— Mais c'est la vérité ! s'exclama celle-ci d'un air buté. Et Mrs Parker jure qu'elle a déjà vu toute la tribu galoper à travers le jardin.

Je ne comprenais rien. Profitant de ce qu'elle courait annoncer la nouvelle à Mary et Cecilia, je suivis Mrs Marlow dans le jardin d'hiver. Après avoir fermé la porte pour que nous soyons tranquilles, je lui demandai :

— Comment se fait-il que la maison soit habitée par d'autres gens ? C'est *ma* maison.

Mrs Marlow soupira en secouant tristement la tête.

— Hélas non, Daniel. Ta mère n'a pas payé le loyer, ce trimestre.

— Mais moi, je pensais y passer toute ma vie. Je croyais que j'habiterais chez vous jusqu'à ce que ma mère aille mieux et qu'ensuite nous…

Je sentis mes genoux chanceler, comme avant. Je fis un énorme effort pour achever ma phrase.

— Et qu'ensuite, tous les deux, nous allions…

Devant le regard compatissant de Mrs Marlow, je m'interrompis. Que de signes précurseurs, que d'allusions discrètes j'avais volontairement ignorés. Quelle naïveté ! Ma mère ne pouvait plus nous assurer la sécurité d'un toit. Plus jamais je ne retrouverais ma vie d'avant. Pour la première fois depuis qu'on m'avait fait quitter Hawthorn Cottage pour la maison des Marlow, je me rendais vraiment compte de ce qui m'arrivait.

Et soudain j'éclatai en sanglots. Comment avais-je pu être aussi stupide ? Au fond, jusqu'à ce moment, je n'avais fait que jouer un rôle, comme n'importe quelle poupée de mes histoires imaginaires. On avait emmené ma mère, et j'avais obstinément refusé de regarder les choses en face, d'envisager avec lucidité le triste avenir qui s'ouvrait devant moi. Je m'étais tout bêtement replongé dans un bain de tranquillité. Je faisais certainement des rêves mais, tous les jours à mon réveil, je trouvais le moyen de ficeler mes peurs et mes angoisses – le profond chagrin qui me déchirait – et de les ranger soigneusement pour ne plus les voir, comme si elles n'étaient rien de plus que le pyjama que je prenais soin de plier et de cacher chaque matin sous mon oreiller.

Je pleurais à chaudes larmes dans les bras de Mrs Marlow. Les filles entrèrent plusieurs fois sur la pointe des pieds, aussitôt renvoyées par leur mère, d'abord pour aller chercher une couverture à me mettre sur les épaules, puis pour nous laisser tranquilles, tandis que Mrs Marlow me caressait la tête, tamponnait mes joues, me serrait dans ses bras, comme pour me convaincre que, malgré tout, je pouvais trouver un peu de réconfort en ce monde.

Je sanglotai éperdument jusqu'à ce que mes larmes fussent taries. Ensuite on me mit au lit. Mrs Marlow me borda et resta assise à mon chevet le temps que je m'endorme.

10

Pourquoi me suis-je assis devant la maison de poupée, le lendemain matin, alors que Sophie ne m'avait même pas encore tarabusté pour que je joue avec elle ? Était-ce parce qu'il me semblait être redevenu comme avant : les genoux flageolants et la tête vide d'avoir pleuré pendant des heures ?

J'entendis frapper. Sophie passa la tête dans l'entrebâillement de la porte et me demanda, avec une douceur qui ne pouvait que lui avoir été recommandée par sa mère :

— Tu veux être seul ? Ou tu préfères de la compagnie ?

— Je ne sais pas ce que je veux.

Pourtant je lui fis signe de venir s'asseoir près de moi sur le tapis. Sophie prit Topper, sa poupée favorite, et moi Hal. Nous fûmes bientôt embarqués dans une des aventures rocambolesques dont Sophie avait le secret : l'histoire d'une fortune perdue et d'un frère kidnappé. Je ne me souviens pas très bien du début de l'histoire, si ce n'est qu'à un moment Sophie fit entrer un des brigands dans la maison : il la fouilla de fond en comble pour y retrouver un héritage caché qui allait, Sophie en était sûre, faire la fortune du jeune Hal.

Son brigand passa la maison au crible, renversant les chaises, soulevant les lits et, bien qu'il fût trop grand, il gravit à toute allure l'escalier du grenier et jeta un coup d'œil dans toutes les chambres mansardées. Puis, Sophie lui fit monter les dernières marches qui ne servaient à rien puisqu'elles étaient sans issue.

Je fus très inquiet quand ses bras raides se frottèrent au papier peint défraîchi.

— Inutile de l'envoyer là-haut.

— Il va voir sur le toit.

— Comment, en traversant le plafond du grenier ?

— Mais non, insista Sophie. Il va passer par la trappe coulissante.

— Quelle trappe coulissante ?

Ses petits doigts fureteurs s'étaient mis à l'œuvre. Là où j'avais toujours cru voir un défaut de conception — des marches qui ne menaient nulle part — Sophie avait trouvé quelque chose.

— Tu vois ? Le panneau de bois carré au-dessus de lui peut coulisser.

J'étais stupéfait. Combien de fois, enfant, avais-je essayé de tirer dessus, avec mes petits doigts. Il n'avait jamais cédé. Sophie avait pris le problème autrement en le poussant sur le côté avec le pouce.

La trappe était ouverte et le brigand passait par l'ouverture pour grimper ensuite sur le toit. Sophie lui fit escalader l'échelle métallique, chercher entre les cheminées puis se pencher par-dessus le plus haut garde-fou pour chercher encore.

— Il ne risque pas de trouver un testament caché dans le lierre, raillai-je. Le vent l'aurait déchiqueté.

Mais elle était résolue à poursuivre le fil de son aventure.

— Sauf s'il était enveloppé dans une toile cirée et coincé dans un trou du mur.

Ainsi nous continuâmes jusqu'à la fin de son histoire : la traque du brigand. Je commençai à ramasser les poupées.

— Non, non ! s'écria-t-elle, affolée. Il faut s'arranger pour qu'il puisse s'échapper, sinon il sera condamné à être pendu.

Sachant que le gong allait bientôt sonner l'heure du déjeuner, je répondis :

— Pourquoi ne pas laisser le juge trancher ?

— Il est bien trop sévère ! protesta la petite Sophie au grand cœur.

— Alors laissons-le ruminer en prison, le temps de ranger la maison de poupée qu'il a mise sens dessus dessous.

Je relevai les chaises et les tables miniatures, tandis que Sophie ramassait les minuscules bûches noires et les bûches rouges que le scélérat avait sorties de la cheminée.

— Heureusement qu'il n'a pas allumé un feu, dis-je en riant.

Il avait tout de même abîmé quelque chose, dans la maison de poupée : l'épingle qui maintenait le dessus de la longue banquette capitonnée, posée sous la fenêtre du salon avait sauté.

— Attends, je vais la remettre, proposa Sophie.

Je voulus l'en empêcher, mais trop tard. De son pouce elle l'avait tordue.

— Zut ! lança-t-elle. Bon, je vais sortir complètement l'épingle pour pouvoir la redresser et la remettre comme il faut.

— Laisse-moi faire, suppliai-je.

Mais elle fut plus rapide que moi. Se servant de ses ongles comme d'une pince à épiler, elle tira. Trop hâtivement encore. Une autre épingle sauta, puis une troisième.

Le dessus de la banquette sous la fenêtre se souleva tout à coup comme un couvercle.

11

— Tiens, qu'est-ce que c'est ?

Sophie plongea la main et sortit une poupée que je n'avais jamais vue. Comme Mrs Golightly, elle était en bois mais plus longue qu'une pince à linge. Il s'agissait d'un garçon à l'air espiègle, avec des cheveux bruns et lisses qui lui tombaient sur les yeux. Il portait une sorte de soutane, une grande robe noire, beaucoup trop longue pour lui.

Elle me le tendit.

— C'est un enfant de chœur à l'église ou quoi ? Mais comment peut-il marcher dans cet accoutrement ?

Je haussai les épaules, incapable moi aussi d'expliquer cette singulière tenue. Et puis, c'était tout de même étrange que, pendant mes longues heures de jeu solitaire, cette poupée se fût trouvée tout près de moi, sous mes doigts, pour ainsi dire, presque comme si elle était cachée là, aux aguets, dans l'attente de quelque chose.

Sophie m'arracha la poupée des mains.

— Je ne vais pas le laisser comme ça ! Je trouve ça très cruel... (Elle me lança un regard suspicieux.)... de l'avoir habillé ainsi et enfermé dans ce coffre qui pourrait aussi bien être un cercueil.

Je ris.

— Allons, Sophie. Il était peut-être condamné à rester éternellement sous cette fenêtre, comme je devais, moi rester assis dans un fauteuil en osier ou couché dans un lit. Peut-être que cette robe était enroulée serrée autour de ses pauvres jambes paralysées, pour leur tenir chaud.

Cela ne la fit pas rire.

— Tu n'étais pas paralysé, toi. Et lui non plus, j'espère.

— Alors maintenant, tu vas jouer au docteur ! repris-je, toujours moqueur.

Juste à ce moment, le gong retentit et Mary apparut sur le seuil.

— Maman vous demande de venir immédiatement à table.

Sophie posa la poupée, à regret.

— Je ne prendrai pas de dessert, annonça-t-elle,

comme ça je pourrai me dépêcher de lui fabriquer des habits plus adaptés, pour la suite de notre histoire.

Bien sûr, elle raffolait tellement de la gelée de fruits qu'elle ne put renoncer à en manger. Oubliant provisoirement la poupée qu'elle avait prise en pitié, elle se servit aussi copieusement que moi. Mon appétit étonnait tout le monde ; j'avais même droit aux compliments de Kathleen, la cuisinière.

Mais à peine sortie de table, Sophie supplia Mary de lui donner quelques-unes des chutes de velours qu'elle conservait dans sa boîte à ouvrages, ainsi que ses petits ciseaux pointus. Elle se mit aussitôt à l'œuvre.

Je la regardai étaler les morceaux de velours près de la poupée.

— Je lui fais des culottes bleues ou vertes ?

Elle mit un certain temps à se décider, mais releva enfin la robe de la poupée, pour mesurer sa longueur de jambes. Je l'entendis alors s'étrangler de surprise. Elle attrapa le petit sujet de bois qui gisait sur le sol et se détourna vivement. L'instant d'après, par un incroyable tour de passe-passe, elle me tendit une autre poupée, un personnage vraiment différent !

Enfin non, pas tout à fait. Car il avait le même

visage, les mêmes yeux verts et la même mèche un peu trop longue. C'était le même garçon, mais devenu adulte. Son regard, en revanche, était plus perçant, et son sourire, pensai-je non sans inquiétude, avait pris une expression plus dure ; il n'était plus espiègle mais arrogant, méprisant.

Tandis que je le fixais, médusé, Sophie le retourna. Il redevint le garçon. Elle le retourna encore. La robe se retroussa et de nouveau l'homme adulte nous regarda.

– Deux poupées en une ! Tu as déjà vu quelque chose d'aussi astucieux, Daniel ?

Je ne répondis pas. J'étais perdu dans mes pensées, frappé par les souvenirs d'un livre de contes que je suppliais ma mère de ne pas laisser dans ma chambre, le soir. Il me faisait faire des cauchemars, à cause de l'illustration de couverture. Elle représentait Blanche-Neige, avec ses belles boucles brunes, qui me souriait. Mais quand je retournais le livre tête en bas, le même dessin montrait un tout autre visage. Tout était inversé : la dentelle blanche entourant le cou de Blanche-Neige devenait la chevelure grise de sa méchante belle-mère. Les boucles noir de jais se transformaient en festons noirs autour du cou de la vieille reine. Par un habile tour de passe-passe, l'illustrateur avait fait en sorte que seuls les yeux, vus à l'envers, restent des yeux. En revanche, les sourcils, les rides du cou, les lèvres et les ombres du menton devenaient autre chose. J'avais passé des heures et des heures dans mon lit à tourner et à retourner le livre, fasciné, tout comme Sophie tournait et retournait cette poupée vraiment singulière.

— Arrête ça tout de suite, Sophie. Donne-le-moi !

Je me surpris moi-même. Et elle non plus ne m'avait jamais entendu lui parler aussi durement. Son minois se crispa, sa lèvre inférieure se mit à trembler. Puis, comme si elle m'en voulait soudain de l'avoir rabrouée, elle retourna le garçon pour me montrer de nouveau l'homme, qu'elle brandit sous mon nez.

Sa voix, je le jure, prit une intonation haineuse.

— Je fais ce que je veux !

Encore plus étonnée que moi, la pauvre Sophie jeta la poupée sur le tapis, comme si elle lui avait brûlé les doigts. Les yeux écarquillés, elle semblait soudain terrorisée.

— Sophie ?

J'avançai la main vers elle. Elle tremblait.

— Sophie ?

— Excuse-moi, Daniel Je ne voulais pas te parler comme ça !

Il fallait que je la console.

— Je n'ai pas cru un instant qu'il s'agissait de tes propres mots.

— C'est vrai ? demanda-t-elle, visiblement sincère.

La voyant bouleversée, je préférai continuer à mentir.

— Oui c'est vrai, dis-je avec un rire forcé. J'ai pensé que tu avais oublié qu'on avait fini de jouer et que tu étais redevenue le redoutable brigand.

Elle était encore très pâle.

— Allons, proposai-je, on recommence avec une autre histoire, d'accord ?

— Oui, une autre histoire alors.

Sophie prit l'inoffensive petite Rubiana aux joues roses et aux yeux bleus. Et moi un autre personnage. Avec le recul, aujourd'hui, je ne trouve pas mon choix tellement bizarre. J'avais à portée de la main une nouvelle poupée à deux visages, mais je lui préférai Topper, le malheureux chien tout pelé qui ne pouvait que griffer et aboyer.

Nous commençâmes donc une nouvelle histoire, avec toute l'inventivité dont nous étions capables, mais au bout de quelques minutes le cœur n'y était plus. Sophie jeta Rubiana au loin.

— Daniel, laissons la maison de poupée pour un autre jour, tu veux bien ?
— Oui, dis-je sans hésiter. On reprendra un autre jour.

Il se passa longtemps avant que ce jour ne vînt.

12

Mrs Marlow avait certainement parlé à son mari de ma crise de larmes, car un matin de bonne heure, peu après la fin de l'épidémie, il vint frapper à la porte de ma chambre.

– Tu es réveillé, Daniel ? J'ai quelques visites à faire du côté de la carrière, mais ensuite je vais revenir et t'emmener voir ta mère à l'hôpital, comme promis.

Je me levai d'un bond. Tout en m'habillant, je me demandais ce que cela lui ferait de voir à quel point j'avais changé. J'étais maintenant en pleine santé et solide sur mes jambes. Vêtu de la nouvelle veste qu'on m'avait confectionnée, j'avais l'air d'un jeune garçon équilibré et bien portant.

Lorsque je confiai mes incertitudes à Mrs Marlow, elle me prit à part et me dit :

– Daniel, je crains que tu n'aies une grosse déception. Ta mère ne va pas bien du tout. Elle aurait quitté l'hôpital depuis longtemps si elle avait un tant soit peu retrouvé ses esprits. Mais ce n'est pas le cas. En plus, le docteur Marlow dit que les infirmières n'arrivent pas à la convaincre de s'alimenter normalement. Elle mange très peu. Elle a terriblement mauvaise mine. Tu risques d'avoir un choc.

Je la dévisageai d'un air grave et acquiesçai pour lui signifier que je l'avais écoutée attentivement. Mais en vérité, mon cœur sautait de joie, car je savais que ma mère irait mieux dès qu'elle me verrait. Elle me serrerait dans ses bras, retrouverait le moral et prendrait sur elle pour redevenir comme avant. Elle se remettrait sans tarder à son travail de dentellière et gagnerait de nouveau assez d'argent pour nous deux. Les Marlow lui proposeraient peut-être de prendre ma chambre pendant une semaine ou deux, tandis que je coucherais dans le bureau du docteur. Et ensuite, lorsque nous serions sûrs, elle et moi, que tout allait bien, nous chercherions ensemble une nouvelle maison aussi bien que Hawthorn Cottage. Ou même mieux.

– Daniel !

Le docteur m'attendait à la porte. Je me jetai au

cou de Mrs Marlow pour lui dire au revoir et sortis en trombe. Le docteur et moi marchâmes jusqu'à l'autre extrémité de la ville, plus loin que je n'étais jamais allé avec sa femme ou ses filles, avant que l'épidémie nous oblige tous à rester cloîtrés. Nous cheminions en silence. Plusieurs fois, il me sembla que le docteur Marlow voulait dire quelque chose, puis qu'il se ravisait. De mon côté, je m'efforçais de faire taire mon excitation grandissante.

À la sortie de la ville, nous vîmes le panneau indiquant l'hôpital Langley, mais le docteur continua à marcher.

Moi, je m'arrêtai.

— Pourquoi continuez-vous ?

— Comment ça ?

Je montrai du doigt le panneau devant lequel nous venions de passer.

— Vous avez d'autres visites à faire, avant de m'emmener voir ma mère ?

Il comprit enfin.

— Ah, non, Daniel, ta mère n'est pas ici.

— Vous m'avez pourtant bien dit qu'elle était à l'hôpital.

— Oui, mais plus loin. Un peu en dehors de la ville.

Nous marchâmes encore une bonne demi-heure. Soudain nous quittâmes la route pour entrer dans ce qu'il appela une forêt de hêtres. Je ne sais pas si c'est parce que je me retrouvais pour la première fois de ma vie dans une vraie campagne, mais l'endroit me parut sinistre. À peine avions-nous fait quelques pas entre les arbres que j'eus l'impression de me trouver dans le monde étrange d'un conte de fées. Des oiseaux piaillaient et battaient des ailes. J'entendais le bruissement des feuilles et d'autres bruits furtifs dans les fourrés.

— J'ai l'impression d'entrer dans le genre d'histoire qu'on raconte dans les livres de bibliothèque.

— Ah, ce serait trop beau ! s'écria le docteur. Regrettant aussitôt ses paroles, il s'arrêta net et me prit par les épaules.

— Ma femme t'a-t-elle prévenu ?

Un frisson me parcourut.

— Elle m'a dit que j'allais trouver ma mère changée.

— Elle a énormément changé, c'est vrai. Tu risques de ne pas la reconnaître. Elle est très malade.

J'explosai.

— Peut-être irait-elle beaucoup mieux si vous aviez poussé la gentillesse jusqu'à me laisser lui rendre visite !

Il me prit par le bras, m'emmena au pied d'un arbre, me fit asseoir à côté de lui.

– Tu te trompes, Daniel. Bien sûr, tu ne vois en ta mère que la personne très douce qui restait assise à ton chevet, t'apportait tes repas et t'aidait à sortir dans le jardin puis à regagner ton lit. Mais ça, Daniel, c'était ta mère quand elle faisait tout pour que tu vives comme elle l'entendait, c'est-à-dire enfermé, isolé, coupé de tout, oui, de tout.

Je trouvais que c'était une manière bien sévère de décrire une femme qui aimait son fils. Mais sachant désormais que ma maladie était une pure invention, je ne pouvais pas discuter. Je restai assis là, silencieux.

– Tout d'abord, reprit-il, nous l'avons emmenée à l'hôpital devant lequel nous sommes passés tout à l'heure. Je pensais, et les infirmières aussi, qu'une fois qu'on lui aurait expliqué que tu étais sain et sauf, elle se calmerait. Elle m'a parfaitement entendu, je lui ai dit qu'elle te reverrait dès qu'elle aurait admis que tu n'étais pas malade et que ta vie était trop précieuse pour que tu passes une minute de plus coupé du monde.

Il laissa échapper un soupir.

– Et là, elle s'est déchaînée.

Je ne comprenais pas très bien.

— Déchaînée, comment ?

— Elle hurlait, bavait, déchirait ses vêtements. Elle tournait comme un derviche, elle s'est même jetée sur nous pour nous griffer le visage et nous a maudits.

— *Maudits* ? Ma mère vous a maudits ?

— Il faut me croire, Daniel. Nous n'avons pas affaire à la mère que tu connaissais. Elle s'est comportée comme quelqu'un qui a perdu la raison. Il a même fallu poser des verrous à sa porte, et aucune infirmière n'osait entrer dans sa chambre sans être accompagnée de deux surveillants costauds. On a essayé, pendant des semaines. Elle envoyait voler à travers la chambre les plateaux de nourriture qu'on y laissait. Elle cassait la vaisselle. Les autres patients ne pouvaient pas fermer l'œil de la nuit, à cause de ses cris…

— Ma mère, *crier* ?

— Les infirmières croyaient entendre des loups hurler à la lune.

Je me bouchai les oreilles.

— Arrêtez, je ne peux pas entendre ça !

Il retira mes mains de force et me dit, presque fâché :

— Tu comprends maintenant pourquoi j'ai attendu aussi longtemps pour t'emmener la voir ? Je dois être le seul médecin à des kilomètres à la ronde qui ait béni cette épidémie de fièvre, parce qu'elle me donnait une excuse, un minuscule prétexte supplémentaire pour empêcher un enfant de rendre visite à sa mère.

Voyant mes larmes ruisseler sur mes genoux, il passa son bras autour de mes épaules.

— Et à présent que je t'ai dit la vérité, Daniel, peut-être devrions-nous rester tranquillement assis là, le temps que tu décides si tu ne préfères pas suivre mon conseil qui, je t'assure, vient du fond du cœur : rentrons. Voir ta mère ne te fera aucun bien.

Il s'interrompit puis fit un visible effort pour aller jusqu'au bout.

— Et je suis persuadé, à présent, qu'il en est de même pour elle : te voir ne peut lui faire aucun bien.

13

Tandis que nous étions assis tous deux sur cette souche d'arbre moussue, je m'obstinais à croire qu'il se trompait. J'essayais vainement d'imaginer ma mère en train de déchirer sa robe de chambre, de gifler des infirmières ou de jeter par terre ne fût-ce qu'une bobine de fil. Cela peut paraître fou, mais il me vint brusquement à l'esprit que le docteur Marlow était en train d'inventer cette abominable histoire pour me garder dans sa famille. Il n'avait pas de fils. J'étais un garçon agréable, raisonnable. Si ça se trouve, sa femme et lui avaient ourdi un complot pour m'enlever à ma mère et la faire enfermer à son tour. Ou alors, Mrs Marlow n'était pas au courant des plans de son mari. Ou alors…

La tête me tournait. Je me levai.

– Vous allez sûrement me trouver ridicule d'insister, mais je ne connaîtrai pas de repos, tant que je ne l'aurai pas vue.

À son tour il se leva.

— Non, Daniel. J'admire ton courage. Mais attends-toi à vivre une journée épouvantable.

— Elle l'est déjà, répondis-je d'un ton lugubre.

Ayant repris notre marche dans la hêtraie, nous arrivâmes bientôt à un chemin de terre que nous empruntâmes. Enfin, à travers la forêt de plus en plus clairsemée, j'aperçus un édifice sombre et sinistre.

— C'est là ?

Le docteur acquiesça. Devant nous se dressait une pancarte de guingois indiquant : *Asile de Haldstone*. Après avoir longé des écuries et des dépendances puis franchi un porche en pierre, nous traversâmes une cour pavée hérissée de mauvaises herbes.

Nous parvînmes devant une lourde porte garnie de clous. Le docteur tira une cloche, je restai comme pétrifié. Très loin, à l'intérieur, il y eut un bruit métallique. Il se passa une éternité avant que ne retentissent des bruits de pas. La porte s'ouvrit enfin, et une femme replète en uniforme bleu marine salua assez aimablement le docteur.

— Ah ! Vous revenez voir votre patiente ?

Elle me vit alors et son expression changea.

— C'est… ?

— Oui, c'est le fils de Mrs Cunningham.

Cette information sonna comme un signal. L'infirmière en chef me regarda de la tête aux pieds, puis se détourna et dit :

— Je vous demande de patienter un instant.

Pour quoi faire ? me demandai-je. Pour se hâter d'aller prévenir les autres ? «Vite ! Déchirez les jupes de Mrs Cunningham, jetez de la vaisselle cassée par terre, dans sa chambre, et piquez-la avec des aiguilles pour la faire hurler.» Ou alors, le docteur Marlow ne m'avait dit que la stricte vérité, et par égard pour moi, l'infirmière en chef voulait me précéder, obliger ma pauvre mère, folle à lier, à s'habiller décemment et balayer les détritus de sa chambre – voire peut-être essuyer ses joues barbouillées de larmes – pour m'épargner un trop grand choc.

— Nous allons attendre ici que l'infirmière en chef vienne nous chercher, déclara le docteur. Visiblement il connaissait bien l'établissement, car il me fit entrer dans une salle d'attente. Au-dessus d'une cheminée pleine de cendres était accrochée une peinture représentant des collines bleues surmontées d'un ciel nuageux.

— Assieds-toi, Daniel.

Nous attendîmes en silence jusqu'au moment où une infirmière passa la tête dans l'entrebâillement de la porte.

– Prêts ?

Nous la suivîmes dans un couloir. Je ne m'étais jamais baigné dans une rivière et n'avais donc jamais ouvert les yeux sous l'eau, pourtant j'associai spontanément le vert glauque et hideux des murs à l'idée de noyade. De chaque côté s'alignaient des portes. À gauche, certaines étaient entrouvertes. Par l'une d'elles je vis une infirmière vider un pot ce chambre dans une rigole d'évacuation. Suivait encore une pièce occupée par un bureau en désordre.

De l'autre côté du couloir, en revanche, toutes les portes, qui avaient des montants renforcés, étaient fermées, avec les verrous tirés. Et l'on entendait, provenant de l'intérieur, des bruits lugubres – murmures, grognements, sanglots.

Une bouffée de colère monta en moi.

– Ma mère... ma mère est enfermée comme ça ?
– Chut, Daniel !

Je me mordis les lèvres et continuai à marcher. Nous allions tourner l'angle du couloir lorsque je mis le pied sur ce que je pris pour une tache d'huile coulant sous une porte.

Le docteur Marlow s'arrêta net.

– Malheur !

Il me prit par le bras et me fit entrer de force dans la pièce d'en face.

– Daniel, il se passe une chose affreuse. Tu ne bouges pas d'ici avant que je vienne te chercher, tu m'entends ?

Je ne comprenais pas pourquoi il prenait cela au tragique.

– Une fois, ma mère avait répandu de l'huile en voulant graisser les gonds de la maison de poupée, et elle avait juste…

Le docteur me dévisagea, comme si j'étais un demeuré. Alors je regardai de nouveau par terre.

De l'huile rouge ?

Du sang.

14

Je crois que je n'avais jamais vu de sang, sauf sur les images de mes livres d'aventures. Effaré, je me laissai pousser de l'autre côté du couloir. La porte claqua derrière moi et j'entendis le docteur appeler :

– Une infirmière ! Quelqu'un, vite ! Venez dans la cellule de James Harper !

Sa *cellule* ? À ce seul mot, mon cœur cessa de battre. J'entendis ensuite le verrou grincer lorsque le docteur le tira, puis des pas précipités. Il y eut un énorme claquement métallique quand la porte se referma derrière lui et les infirmières venues à la rescousse. Et, tout à coup, la peur et le doute s'insinuèrent en moi : et si le docteur m'avait menti ? Si le sang que j'avais vu couler sur le carrelage était celui de ma mère ?

Avant même que les voix ne se fussent tues, je retournai en hâte dans le couloir pour écouter.

J'entendis le docteur dire :

— Allons, calmez-vous, Jim. Et soyez courageux. Il va falloir du temps pour recoudre ça. Et ce sera douloureux.

Une voix masculine grogna, puis le docteur reprit :

— Oh, Jim, pourquoi vous obstinez-vous à tricher avec le bon Dieu ? Pourquoi chercher à raccourcir le peu de temps qu'Il veut bien vous accorder encore sur terre ?

Mon cœur cessa de battre la chamade et ma respiration s'apaisa. Soulagé, je retournai dans la pièce où j'étais censé attendre et, pour la première fois, je regardai autour de moi. Je me trouvais dans une sorte de bureau dont deux murs étaient occupés par des classeurs en bois, tous soigneusement étiquetés : *Ab-An, An-Av, Av-Be*, et ainsi de suite, tiroir après tiroir sur toute la longueur des murs.

Je m'approchai de l'un d'eux : *Ce-Cu*.

Ce petit meuble ne contenait rien qui pût m'intéresser, j'en étais convaincu : ma mère était soignée dans cet asile, mais s'il existait un dossier la concernant, les médecins devaient être en train de l'étudier de près pour tenter de comprendre quels événements étranges l'avaient amenée là par erreur.

Donc, ce n'était pas une faute que de jeter un coup d'œil.

Je tirai la jolie poignée de laiton. Le classeur sortit d'un seul coup et là, tout au fond, un dossier fraîchement étiqueté me sauta aux yeux.

Cunningham, Liliana.

Je le sortis et le posai sur le bureau. Je risquais d'avoir des ennuis, je le savais, mais, désespéré comme j'étais, je n'avais rien à perdre. J'essayai de me rassurer en me disant que, quand le docteur Marlow reviendrait, j'aurais le temps de refermer le dossier et de le poser à l'envers sur le bureau. Sans doute ne le regarderait-il même pas. Assis dans le grand fauteuil en cuir, je le feuilletai rapidement. Liliana Cunningham : âge, taille, poids, couleur de cheveux, puis des pages et des pages consacrées à la tension et à la température. Des comptes rendus des menus qui lui avaient été proposés. (L'espace destiné à noter ce qu'elle avait effectivement mangé avait été laissé en blanc. Avait-elle décidé de se laisser mourir de faim ?) Venait ensuite un rapport manuscrit sur son état : *très agitée et délirante... irrémédiablement obsédée par une idée fixe... persuadée qu'elle doit protéger son fils d'une ancienne malédiction qui le menace... emprisonné seulement pour son bien... impossible de la rassurer ou de la convaincre...*

Et enfin, sur la dernière feuille volante : *Parent proche : dans son sommeil agité, la patiente ne cesse de parler de quelqu'un dont les infirmières pensent qu'il s'agit d'un frère. Toutefois, à l'état de veille, elle refuse de divulguer son nom ou même de dire quoi que ce soit sur sa famille.*

Ainsi, c'était possible ? Le souvenir tronqué qui m'était revenu en mémoire n'était pas un rêve mais bien une vraie réminiscence ? J'avais donc un *oncle* ?

J'entendis la poignée de la porte tourner. Je refermai vivement le dossier et fis pivoter le fauteuil, pour faire croire que j'avais passé tout ce temps à regarder par la fenêtre.

Le docteur Marlow entra en baissant ses manches.

— Voilà qui est fait, Dieu merci, dit-il.

Il me regarda attentivement lorsque je pivotai dans le fauteuil pour lui faire face. Se méprenant sur mon désarroi, il me taquina gentiment.

— On se partage le travail, à ce que je vois. Moi je recouds les plaies et toi tu trembles.

À peine avait-il dit cela qu'il voulut se reprendre.

— Excuse-moi, Daniel. Avec tout ça, j'avais oublié pourquoi tu étais ici avec moi.

À tout autre moment, le fait qu'il m'eût presque

confondu avec un fils ou un collègue de travail m'eût réconforté. Mais ce matin-là, j'étais obnubilé par ma mère agitée et délirante.

Le docteur Marlow s'approcha et me prit par l'épaule.

– Tu n'as pas changé d'avis ? Personne ne t'en blâmerait, tu sais. Grands dieux, non !

Je secouai la tête. Puisqu'il était *impossible de rassurer ou de convaincre…* ma pauvre mère, j'avais une raison de plus de souhaiter la voir. Mon éducation était peut-être pleine de lacunes, mais j'en avais appris suffisamment pour savoir que personne ne peut être menacé par de vieux démons. La malchance et les erreurs que l'on commet dans la vie sont deux choses susceptibles de générer des problèmes et de la souffrance. Mais ni les problèmes ni la souffrance ne peuvent résulter de quelque chose d'inhumain qui resterait tapi dans l'ombre pour vous tomber dessus, le moment venu. Ma mère a perdu la raison, pensai-je, mais en me présentant à elle la tête haute, calme, bien portant, peut-être pourrai-je la libérer de sa folie. Peut-être retrouvera-t-elle ses esprits.

– Non, je n'ai pas changé d'avis, je veux la voir.

Le docteur Marlow s'arrêta devant la première

porte après l'angle du couloir. Alors qu'il allait frapper, il eut soudain l'air inquiet. Il se retourna vers l'infirmière en chef qui nous rejoignait en hâte, lui apportant sa blouse qu'il avait oubliée.

— Pourquoi le verrou est-il tiré ? demanda-t-il. Je vous ai ordonné de toujours laisser quelqu'un avec elle dans la chambre pour l'aider à surmonter ses angoisses.

— C'est ce que nous avons fait, docteur, expliqua-t-elle. Mais quand vous avez appelé une infirmière, Sara qui vous a entendu la première s'est précipitée en refermant le verrou derrière elle. Mrs Cunningham est restée seule juste le temps que vous recousiez le bras de James Harper.

Le docteur hocha la tête et déverrouilla la porte.

— Il va falloir que tu sois courageux, mon garçon, murmura-t-il avant que nous n'entrions dans la chambre.

Mais il ne pouvait même pas imaginer à quel point il fallait l'être pour voir, par-dessus une épaule, l'ombre décharnée de votre mère, le cou brisé, pendue à un barreau de la fenêtre. Elle avait confectionné une corde avec un nœud coulant en tressant de ses doigts habiles les lambeaux de dentelle qui pendaient de sa robe déchirée.

Je ne me rappelle pas avoir été entraîné dehors ni avoir vomi le petit déjeuner que Mrs Marlow avait tenu à me faire avaler pour attaquer cette journée. Je ne me souviens pas d'avoir été conduit le long de ce sinistre couloir sans soleil et introduit dans une autre pièce où l'on me fit ingurgiter quelques gouttes de cordial. Je ne me souviens pas que l'on m'ait poussé dans une charrette qui passait par là, reconduit à la maison, fait prendre un somnifère et mis au lit.

Je me souviens seulement des choses que j'ai entendues. Sara, l'infirmière, hurlant de chagrin et de culpabilité d'avoir laissé à sa patiente l'opportunité de mettre fin à sa misérable vie. L'infirmière en chef pleurant à chaudes larmes en expliquant au docteur Marlow combien ma mère était déterminée à ne pas me voir. « Comment pourrais-je regarder mon fils en face, criait-elle à longueur de journée, puisque vous m'empêchez de le protéger ? »

Et le dernier souvenir que j'aie de cette journée est d'avoir entendu le docteur Marlow chuchoter à sa femme, pendant qu'il veillait à mon chevet :

– Le pauvre garçon sera poursuivi toute sa vie par ce souvenir atroce : sa mère pendue aux barreaux de la fenêtre, les yeux exorbités, aussi maigre que les personnages de la maison de poupée.

15

Des jours suivants il ne me reste en mémoire que cette phrase murmurée par le docteur Marlow à l'oreille de sa femme :

— On peut brûler de toutes sortes de fièvres.

En effet je brûlais, mais je n'aurais su dire si c'était de chagrin ou de culpabilité. J'avais d'étranges visions. Entre autres, à chaque fois que Mrs Marlow, qui veillait patiemment près de mon lit, s'assoupissait et laissait tomber sa tête sur sa poitrine, elle qui était pourtant rondelette, prenait soudain l'aspect de ma mère amaigrie, décharnée, même. Je croyais voir son cou se briser, sa bouche se noircir, ses yeux vides sortir de leurs orbites. Je me tournais, me tortillais et je sentais alors une main fraîche se poser sur mon front, et Mrs Marlow réapparaissait, rassurante avec ses joues rondes et son expression paisible.

Mes cauchemars finirent par s'espacer et les cernes que j'avais sous les yeux par disparaître.

– À la bonne heure ! s'écria un jour d'un ton guilleret le docteur Marlow, qui venait voir chaque matin si j'allais mieux. Le panda aux yeux cernés de noir est retourné en Chine, laissant à sa place le jeune Daniel.

Puis il me demanda :

– Est-ce qu'un peu de visite te ferait plaisir ?

Je lui dis que oui, et Mary et Cecilia furent autorisées à entrer dans ma chambre pour m'apporter les plateaux de soupe et de dessert crémeux que la cuisinière confectionnait pour m'inciter à manger.

Mais pas de Sophie.

– Pourquoi ne vient-elle pas me voir ? demandai-je un matin à Cecilia. Est-elle fâchée contre moi ? Ou malade ?

– Non, non, rit Cecilia. Mais maman dit que, dans ton état, la dernière chose dont tu aies besoin c'est d'entendre Sophie jacasser.

Pourtant, moi, je ne voyais rien de mieux, pour distraire un malade, que le joyeux bavardage de Sophie. Mais je compris soudain que Mrs Marlow voulait en fait me protéger de tout autre chose : les commérages sur la mort de ma mère ; les comptes rendus sur les circonstances dans lesquelles on l'avait trouvée et dépendue ; les ragots sur l'enquête et sa conclusion ; les rumeurs sur l'enterrement expéditif que j'avais manqué.

Mais j'avais déjà passé trop de temps au lit, dans ma courte vie, pour avoir envie d'y rester plus longtemps. Aussi, le lendemain matin, je me levai et m'habillai pour descendre. Sophie était pelotonnée dans un fauteuil du petit salon. Quand elle me vit, elle laissa tomber son livre.

– Daniel ! Te voilà de retour !

En effet, c'était comme si j'étais parti à des centaines de kilomètres. Je m'assis à côté d'elle, sur le tabouret brodé.

– Alors, lui lançai-je, dis-moi, ô toi, puits de sagesse et intarissable source d'informations, quoi de neuf dans cette maison ?

Son visage s'assombrit un instant, lorsqu'elle se rappela tout ce dont on lui avait interdit de me parler. Mais elle énuméra ensuite, en comptant sur ses doigts, les autres événements.

– La fille adoptive de Kathleen a eu une fille. Qui s'appelle aussi Kathleen. Le fils du vieux Mr Tanner a repris la mer, alors que l'année dernière, à son retour, il avait juré que plus jamais il ne naviguerait. Ah oui ! Et Mary a le droit d'arrêter les leçons de piano, mais pas moi, alors que je joue bien plus mal qu'elle.

Elle fit une grimace et réfléchit encore.

— Papa a décrété que si on nous servait encore une seule fois des betteraves cette semaine, il ferait ses valises et nous quitterait pour toujours. Et…

Ses yeux brillaient, à présent.

— Comment ai-je pu oublier ? Si tu étais descendu hier, tu aurais rencontré le visiteur qui a fait rougir Cecilia.

Une fameuse nouvelle, en effet.

— Un visiteur pour Cecilia ? Et il venait lui proposer une promenade avec lui ?

Elle battit des mains.

— Non, non, pas du tout. Il est venu peindre la maison de poupée.

— *Peindre* la maison de poupée ?

Je me retournai brusquement. Quelqu'un avait osé porter atteinte au seul souvenir qui me restait de ma vie d'avant ? Pourtant non, la maison de poupée était là, pareille à elle-même, installée comme avant devant la baie vitrée.

Sophie éclata de rire.

— Mais non, pas la *peindre* ! La *peindre* !

— C'est-à-dire ? Comme un portrait ?

— Exactement ! Un portrait de ta maison de poupée.

— Mais pour quoi faire ?

Elle haussa les épaules.

— Je n'en sais rien. C'est papa qui l'a décidé. Pour te faire plaisir, peut-être ?

Elle riait de plus belle.

— À mon avis, il était loin d'imaginer que le peintre allait faire la cour à Cecilia !

Et elle continua son bavardage, se moquant des boucles blondes et de la barbichette de l'artiste peintre, parlant de plus en plus fort, jusqu'à ce que sa mère, l'ayant entendue depuis le couloir, passât la tête dans l'entrebâillement de la porte.

— Assez, Sophie ! Sois gentille avec ta sœur. Plus un mot là-dessus.

Alors seulement Mrs Marlow vit que c'était moi, assis dans le fauteuil.

— Daniel ! Te voilà enfin revenu parmi nous !

Et ainsi nous reprîmes nos vieilles habitudes, si confortables et rassurantes pour moi. Mes leçons recommencèrent progressivement, mais, l'après-midi, nous étions libres d'aller nous promener où bon nous semblait. Cecilia et Mary préféraient se rendre en ville flâner autour du kiosque avec leurs amies. Mais Sophie était assez jeune encore pour avoir envie de m'accompagner dans l'autre direction, vers les champs et les bois qui me ravissaient toujours, tant j'avais été privé de toutes ces créatures qui chantaient, bruissaient, crissaient dans l'herbe, tout près de mes pieds, ou se tenaient simplement debout sur leurs sabots, contemplant placidement le paysage, par-delà les murets de pierres.

Un beau matin, je vis Sophie dans le vestibule, devant le miroir, en train de s'énerver après les rubans de son chapeau.

– Ah, ça suffit, imbéciles de rubans. Vous allez vous démêler, oui, que je puisse faire ma rosette !

Mrs Marlow arriva juste à ce moment-là.

Elle posa une main sur l'épaule de sa benjamine. Je pensais qu'elle voulait lui rappeler discrètement qu'une fille bien élevée ne doit pas insulter les rubans de son chapeau. En fait, elle la prit à part dans le salon.

La porte claqua derrière elles, mais j'entendis Sophie bougonner :

– Pourquoi je ne peux pas y aller ? Si Mary et Cecilia partent ensemble, moi il faudra que j'aille me promener toute seule ou que je reste ici !

Il y eut sans doute une autre réponse muette, car j'entendis alors :
— Oh là là ! Pauvre Daniel !
La porte s'ouvrit brusquement. Sophie était là qui me regardait, horrifiée. Puis elle arracha son chapeau, le jeta par terre, passa devant moi, les yeux pleins de larmes, et gravit l'escalier sans un mot.

16

Comme vous l'imaginez, je n'étais pas très rassuré lorsque j'empruntai peu après un des petits chemins tortueux qui menaient hors de la ville, avec le docteur Marlow.

– Quel beau temps ! s'exclama-t-il.

Paralysé par l'appréhension, je répondis, d'un ton aigre :

– Sans doute. Pourtant Sophie a très peur que, pour moi, le ciel ne soit pas sans nuages.

– Ah ! soupira-t-il. Décidément, ma petite Sophie ne remportera jamais le premier prix de discrétion. J'espérais pouvoir aller un peu plus loin avant de te dire que je t'emmène voir la tombe de ta mère.

– La tombe de ma mère ?

Je l'avais imaginée mille fois, pourtant j'étais stupéfait.

– Mais, ce n'est pas de l'autre côté ?

– De l'autre côté ? Mais pourquoi veux-tu que…

Alors il comprit.

– Ah, tu croyais qu'on l'avait enterrée à l'asile ? Dieu du ciel ! Mrs Marlow et moi-même n'aurions pas supporté l'idée que tu doives te rendre dans un endroit aussi lugubre pour te recueillir sur la tombe de quelqu'un que tu aimais tant.

À mes yeux, c'était sans importance.

– Le pire, c'est la perte de la personne qu'on aime. Pas l'emplacement de sa tombe.

– C'est ce que tu penses aujourd'hui, parce que tu es jeune et que tu en as lourd sur le cœur. Mais un jour tu comprendras.

Comme je n'avais rien à répondre, nous continuâmes à cheminer en silence. Ayant quitté la route, il me fit franchir un échalier, puis descendre un petit sentier bordé d'églantiers qui ne laissaient qu'un étroit passage. Nous parvînmes enfin devant une clôture. Les vaches nous regardèrent avec curiosité sauter la barrière et nous diriger vers la petite chapelle de pierre qui se dressait à l'autre bout du champ.

– C'est ici ?

Tandis que nous nous approchions, je voyais dépasser, par-dessus le mur de la chapelle, des croix et un ange de pierre inclinant la tête.

– Elle est enterrée là ?

Il secoua la tête.

– Non, sa tombe n'est pas dans le cimetière, Daniel. Elle est plus proche que cela.

Je regardai autour de moi, stupéfait. Les vaches me fixaient. Le docteur Marlow pointa l'index vers quelque chose que je n'avais pas remarqué, à deux pas de nous : un rectangle d'herbe plus courte et plus fraîche que le reste du pré. Et, à la tête de ce rectangle, adossée au mur du cimetière, se dressait une pierre tombale profondément enterrée.

LILIANA CUNNINGHAM
À UNE MÈRE AFFECTUEUSE

Et tout en bas, une phrase que je pris pour une citation de la Bible :

JUSQU'À CE QUE LE JOUR SE LÈVE
POUR CHASSER LES OMBRES

Il m'était souvent arrivé de penser – et ce sentiment me revenait à présent – que, tout au long de sa triste vie, ma mère avait été poursuivie par une obscure menace. Le docteur Marlow l'avait-il senti, lui aussi, pour faire graver cette épitaphe sur sa tombe ? J'éclatai en sanglots et lui lançai, hors de moi :

— Pourquoi n'est-elle pas enterrée *dans* le cimetière, comme tout le monde ?

— J'aurais tellement aimé qu'elle le soit. Ce sera le cas, un jour, quand il y aura un peu plus de charité dans ce monde. Mais comme ta mère a transgressé les sacro-saintes lois de l'Église en mettant fin à ses jours, personne ne peut l'enterrer en terre sacrée.

— Mais avez-vous demandé, au moins ?

— Je n'ai pas demandé, Daniel, j'ai supplié.

— Et personne n'a cédé ?

— Personne. Les règles sont formelles et tous les hommes d'Église des environs se croient tenus de les suivre à la lettre. (Il eut un petit sourire en coin.) Mais la Bible dit aussi qu'il ne faut jamais désespérer. Alors je dois t'avouer que je suis allé voir tous les paysans que je connais, dont les terrains jouxtent une chapelle ou une église. Et le Ciel a dû m'entendre, car j'en ai trouvé un qui s'est souvenu d'une bonté que je lui avais faite.

— Une bonté ?

Il haussa les épaules.

— Rien de plus que mon travail, note bien. Je suis

venu voir sa fille au milieu de la nuit, à un moment où elle allait très mal.

— Vous lui avez sauvé la vie ?

— Rien d'aussi mirifique. Je lui ai sauvé la vue, peut-être. Mais toujours est-il qu'il m'a cédé un minuscule bout de terrain, ce qui m'a permis de poser la pierre tombale de ta mère de ce côté du mur.

Le docteur posa sur mon épaule une main consolatrice et reprit :

— Et si la chapelle se trouve vraiment sur une terre sacrée, alors sois certain que la paix qui en émane traversera le mur de pierres jusqu'à ta mère.

Je balayai les alentours du regard. Il est vrai que l'endroit était paisible avec ses aulnes qui se balançaient dans le vent et ses vaches qui broutaient imperturbablement. Je levai la tête. Des oiseaux sillonnaient le ciel où voguaient, très haut, des nuages d'été. Je compris que, toute l'année, la tombe de ma mère serait éclairée par le soleil du matin. Qu'elle serait protégée des vents mauvais. Loin des routes et des sentiers, elle serait en paix.

Je me jetai au cou du docteur Marlow pour le remercier. Je m'étais trompé, et lui avait raison : c'était important, très important, l'endroit où elle reposait! Il me serra un instant dans ses bras, puis nous reprîmes le chemin de la maison. Je ne savais pas ce qu'il pensait. Mais pour ma part, je sentais que mon cœur avait retrouvé une sorte de paix. Et j'avais la conviction qu'un jour, bientôt, je pourrai de nouveau penser à ma mère sans fondre en larmes.

17

Un beau jour, vers la fin de l'après-midi, la cuisinière passa la tête par la porte de l'office et me lança d'un ton suppliant :

– Daniel, va vite chercher le docteur Marlow ! Dis-lui que Molly a encore un de ses malaises.

Je courus jusqu'à son bureau. L'heure était trop grave pour se soucier des bonnes manières, aussi j'ouvris la porte sans frapper.

– Eh bien, Sophie, qu'y a-t-il donc de si urgent ? murmura-t-il d'un ton amusé, sans pour autant interrompre la lecture des documents posés devant lui.

Puis il leva les yeux. Lorsqu'il me vit, son visage changea d'expression et il mit prestement de côté ce qu'il était en train de lire.

– Daniel ?

— Kathleen vous fait dire que Molly s'est évanouie.

Curieusement, il parut soulagé. Mais il ne fit pas de commentaire. Il se contenta de mettre par terre, loin derrière sa chaise, le document qu'il lisait, puis se leva, passa devant moi et se hâta dans le couloir, vers la porte de l'office.

Je le suivis. La pauvre Molly était étendue sur le carrelage. Kathleen avait déjà soulevé sa tête toute molle pour la poser sur ses genoux. Je ne sais quelle était la nature de mes soupçons, mais toujours est-il qu'au lieu de saisir l'occasion d'observer un homme dans l'exercice de ce métier que j'espérais bien apprendre plus tard, je préférai fermer la porte et longer discrètement le couloir pour retourner dans le bureau du docteur.

Je me penchai par-dessus sa chaise pour ramasser ce qu'il lisait si attentivement. C'était une revue intitulée *Maisons de campagne*.

Pourquoi faire tant de mystère, alors ? Car j'étais certain d'avoir vu dans son regard presque coupable autre chose que la honte d'être surpris en flagrant délit de se distraire au lieu de travailler. Intrigué, je feuilletai le magazine, sautant les articles rébarbatifs sur les titres de propriété et le droit de pêche et les gravures représentant des maisons de plus en plus luxueuses, depuis la loge de concierge jusqu'aux manoirs les plus somptueux.

Et tout à coup, je tombai dessus : une aquarelle représentant ma maison de poupée. Au-dessus, on pouvait lire : *Annonce de particulier* et au-dessous : *Appel aux abonnés. Homme sérieux cherche informations relatives à cette propriété connue jadis sous le nom de High Gates. Tout renseignement sera le bienvenu.*

À côté était indiqué un numéro de poste restante, auquel les abonnés pouvaient écrire. Je me rappelais maintenant le jour où Sophie m'avait parlé de l'artiste qui faisait la cour à sa sœur. Une fois certain qu'il n'avait pas donné le moindre coup de pinceau à ma maison de poupée, je l'avais oublié. Comme Sophie, j'avais sans doute supposé que la peinture avait été commandée dans le vain espoir de me réconforter après la mort de ma mère.

J'avais changé d'avis, désormais. De toute évidence, le docteur Marlow avait retenu que la maison de poupée était la réplique exacte de la maison d'enfance de ma mère.

Il s'était mis en tête d'enquêter, à ma place, sur mon histoire.

J'aurais dû en éprouver une immense gratitude, je

sais. J'aurais dû sentir en moi une bouffée d'émotion et me dire que décidément la gentillesse de cette famille n'avait pas de limite. Mais, pour être franc, c'était de la peur que j'éprouvais. De la peur et de la rancune. N'avais-je pas vécu assez de drames comme cela ? J'avais perdu ma mère et ma maison, n'était-ce pas assez ? Ne pouvait-il oublier mon sinistre passé et me laisser goûter le bonheur de devenir un membre à part entière de sa famille ? Un frère pour ses filles. Un fils pour lui et Mrs Marlow.

J'aurais dû me contenter de dire qu'il s'agissait de ma maison de poupée. J'aurais préféré qu'il se donne moins de mal pour moi, pauvre victime du plus étrange des déracinements. Mais surtout, je priais pour qu'il échoue dans sa tentative de retrouver la trace de ma vraie famille. J'espérais ardemment qu'aucun lecteur de *Maisons de campagne* ne lui avait écrit, que personne ne lui répondrait jamais !

Je m'empressai de remettre la revue par terre et sortis du bureau. Juste à temps. J'entendais déjà ses pas approcher.

— Elle va bien ? demandai-je, en feignant d'avoir emprunté le couloir pour aller prendre des nouvelles de Molly.

— Un peu mieux. Ce n'est pas la première fois

que cela lui arrive. Cette fille manque de fer. Elle a du sang de navet! ajouta-t-il en riant. Et, comme la plupart de mes patients, elle ne suit jamais mes conseils.

Il jeta un coup d'œil à la vieille pendule qui tic-taquait à son rythme tranquille.

– Mais il est temps que je me remette au travail.

Sans rien ajouter, il entra dans son bureau et ferma la porte. Je ne sais si c'était le fait d'avoir vu le tableau de High Gates qui me fit partir dans l'autre direction. En tout cas je tournai les talons et revins dans le petit salon. Depuis que Sophie avait jeté son dévolu sur la maison de poupée, je m'étais rarement retrouvé seul avec cette demeure miniature. Elle se dressait là, devant la baie vitrée, inondée de soleil. Des rayons passaient à travers les persiennes. Les roses peintes brillaient. Le lierre qui grimpait sur les murs avait un aspect aussi luisant et sombre que si chacune de ses feuilles venait de pousser.

Ayant ouvert les deux panneaux avant, je promenai mes doigts dans les pièces, redressant une chaise, reposant une minuscule corbeille de fruits sculptés sur la console cirée où elle devait être. Je ne voulais pas commencer un jeu tout seul; j'avais trop peur que les filles, en revenant de leur cours de danse, me surprennent en train de jouer comme un enfant. Pourtant, j'aimais passionnément tous ces personnages et je n'y avais pas touché depuis des semaines. Le premier à sortir fut Topper, puis la jolie Rubiana à la bouche en cœur. Ensuite Hal. Un fil rouge pendait du bonnet que ma mère lui avait crocheté pour dissimuler la cicatrice, à l'endroit où j'avais cassé sa couronne. Si elle avait été encore en vie, elle aurait rentré ce petit fil en un clin d'œil, avec ses minuscules crochets de dentellière.

Le sentiment de manque vint me transpercer comme un poignard. Je me ramassai sur moi-même, les bras autour de mes genoux que je serrai de toutes mes forces. Les larmes jaillirent si soudainement que tout devint trouble autour de moi. Est-ce pour cela que la maison de poupée me parut tout à coup si réelle ? Que, sur le tapis, Topper sembla s'étirer un peu dans son sommeil ? Et que, lorsque je voulus prendre Mrs Golightly, ce petit sujet de bois qui ressemblait tant à ma mère, j'eus l'impression qu'elle me fixait avec insistance.

Je battis des paupières pour chasser mes larmes. J'étais encore assez près de l'enfance pour ne pas avoir oublié qu'une poupée – aussi inexpressif que soit son visage – peut partager toutes vos humeurs.

Mais là, c'était autre chose : les yeux brillants de Mrs Golightly me scrutaient intensément. Pire encore ! Ils semblaient m'implorer.

Je m'entendis murmurer :

— Que veux-tu ? Qu'attends-tu de moi ?

Juste à ce moment, le charme fut rompu. J'entendis la porte d'entrée claquer et de joyeux bavardages envahir le vestibule.

La porte du salon s'ouvrit à la volée.

— Daniel !

Ce que j'avais redouté m'apparut alors comme un soulagement. Sophie était revenue, me surprenant devant la maison de poupée ; déjà elle m'avait rejoint sur le tapis, voulait jouer avec moi, m'enjoignait d'inventer une histoire. Sophie était là qui me racontait gaiement sa promenade en ville et dissipait les ténèbres.

18

C'est du moins ce que je croyais.

Mais à partir de ce jour, il commença à se passer des choses bizarres dans nos jeux. On eût dit que quelqu'un d'autre que nous s'y invitait. L'étrange poupée double s'emparait de toutes nos histoires. Deux fois par jour, au moins, je disais à Sophie :

— Bon, on change d'histoire.

Mais il y avait toujours un moment où nous avions besoin du garçon espiègle au visage juvénile pour accompagner Hal, et Sophie le ressortait. Ou alors, dans une histoire de pirates.

— Maintenant, il nous faut quelqu'un pour commander le navire. Ce sera le capitaine Séverin.

Intrigué, je lui demandai :

— Séverin ? Pourquoi l'appelles-tu comme ça ?

Elle haussa les épaules.

— C'est le nom qui m'est venu à l'esprit. Peut-être parce que ce Séverin, si on change l'ordre des syllabes, ça donne Inversé.

Je devais avoir l'air perplexe, car elle ajouta en riant :

— C'est une poupée que l'on peut inverser, quelqu'un a voulu qu'elle soit double.

Elle retourna la robe de façon à ce que ce soit l'homme qui apparaisse.

— Oui ! Le capitaine Séverin peut jouer ce rôle.

Elle me tendit la poupée. Je n'avais aucune raison de refuser de jouer. Il s'agissait d'une poupée à peine plus grande que ma main. Pourtant, j'éprouvais un certain malaise, car chaque fois qu'elle entrait dans le jeu, notre histoire changeait. Nous étions lancés, par exemple, dans une aventure où il fallait traverser des rivières ou franchir des montagnes, et dès que ce personnage entrait en scène, l'épisode n'avait plus rien d'innocent ni de joyeux, il devenait réellement dangereux.

Voire cruel. Il nous arrivait, à Sophie et à moi, de nous heurter à quelque mystère que nous arrivions toujours à résoudre en réfléchissant, en nous posant les bonnes questions. Mais dès que cette poupée intervenait, il fallait des menaces, du chantage, ou même des sévices. Je me retrouvais en train d'enfermer Hal dans de sinistres donjons ou de l'attacher à un arbre, à la merci des fourmis. Et à mes côtés, la petite fille qui voulait à tout prix aider ses brigands à s'enfuir pour échapper au bagne, prenait maintenant un malin plaisir à les envoyer à la potence sans autre forme de procès.

Pire encore. Quelquefois, j'entendais une voix que je ne reconnaissais pas et je me retournais pour être sûr que c'était bien Sophie qui parlait avec cette intonation caverneuse et menaçante. Avait-elle appris des trucs de ventriloque ?

— Maintenez-le pendant que je l'enchaîne ! Je vais le faire parler, moi, ce vaurien !

De nouveau, je jetais un coup d'œil dans sa direction. Ses grands yeux bleus lançaient des éclairs d'une férocité inouïe. Ses poings se serraient et se desserraient, comme si elle était au comble de l'excitation. Même ses dents semblaient plus aiguisées.

— Sophie ?

Elle se retournait et la folie se lisait dans son regard.

— Sophie !

Déconcertée, elle secouait la tête, comme pour sortir d'un rêve, puis redevenait elle-même.

Un jour, je rangeai rageusement toutes les poupées dans la boîte.

— Je ne joue plus !

— Oh, pourquoi, Daniel ?

En fait, elle savait très bien pourquoi.

— Et si j'enlève la poupée Séverin ?

— On avait déjà dit qu'on le ferait.

— Oui mais là, on le fait vraiment.

— Des dizaines de fois, on s'est promis de la laisser dans la boîte à poupées. Et à chaque fois on l'a ressortie.

— C'est vrai.

D'un air contrit, elle examina la poupée qui, dès que nous avions cessé le jeu, était redevenue un inoffensif bout de bois peint, avec des cheveux collés sur le crâne. Elle la retourna pour faire apparaître l'adulte.

— C'est ce côté-ci le pire, déclara-t-elle. Le garçon est déjà méchant et méprisant, mais il n'a pas le pouvoir de gâcher le jeu.

— C'est nous qui commandons les poupées, lui rappelai-je.

— Pas celle-ci, répondit-elle avec calme. Cette poupée provoque de drôles de choses.

J'étais de plus en plus mal à l'aise.

— Sophie, nous sommes assez grands, toi et moi, pour ne pas croire à ces sornettes.

— Et nous avons vu assez souvent nos jeux mal tourner pour savoir que c'est vrai.

Je ne trouvai rien à répondre. Sophie attrapa la poupée et se leva d'un bond. Elle courut chercher le petit panier d'osier dans lequel sa mère rangeait son matériel de couture, y fouilla frénétiquement et en ressortit, triomphante, une épingle.

— On va l'ensevelir, ce bonhomme, on va l'enfermer dans sa robe comme dans un cachot tout noir !

Elle enfonça la pointe de l'épingle dans les plis du tissu.

— Tu vas rentrer, oui !

— Sophie…

Je lui pris la poupée des mains. Elle avait enfoncé l'épingle si profondément que la pointe s'était plantée dans le bois, au-dessous. Je la sortis et retournai la poupée.

L'épingle avait écorché la joue de l'homme (pas du garçon) et éraflé la peinture. Sophie me reprit vivement la poupée.

— Je vais faire plus attention, je te le promets. Puis elle changea d'avis.

— J'ai une idée ! Je vais demander à Mary de nous aider.

— Mary va se moquer de nous, si on lui dit qu'on a fait un fantôme d'un petit bout de bois peint.

— Oh, on ne lui dira rien de tout ça, me rassura Sophie. Elle penserait qu'on est devenus fous.

Certain qu'elle avait raison, je la suivis dans la salle à manger où Mary, assise dans la lumière matinale, reprisait un bas.

— Arrête une minute, lui ordonna Sophie. Il faut que tu nous aides à coudre sa robe, bien serré.

Mary leva les yeux de son ouvrage.

— C'est simple comme bonjour, Sophie, estima-t-elle. Tu peux le faire toi-même.

Mais Sophie lui brandit la poupée sous le nez.

— Non, regarde, c'est très épais. Avec tes aiguilles plus solides, toi, tu pourrais faire des points serrés. Pour que sa robe ne puisse pas s'ouvrir.

Mary leva le bas dans la lumière pour examiner sa reprise.

— Eh bien, tu n'as qu'à les coudre ensemble du mieux que tu peux, dit-elle. Et tu ne les défais plus.

Sophie n'en démordit pas.

— Non, je veux que ce soit toi, Mary. Tes points seront plus solides et ce sera mieux fait.

Elle ne dit pas la suite à haute voix, mais la pensa si fort que je l'entendis. «Et comme ça, on n'aura plus rien à craindre, Daniel et moi.»

Ce dimanche-là, dans son sermon, le prêtre expliqua :

— Les passages du diable sont les chemins les plus ordinaires. Croyez-moi. Et le mal n'a pas toujours les traits de la laideur. On ne saurait lire, sur le visage d'un homme, la couleur de son âme. Mais rassurez-vous, poursuivit-il en levant les bras, il existe un moyen de s'en défendre, un seul. Car le diable ne peut arriver à ses fins sans votre aide. Il ne triomphe que si vous lui ouvrez la porte.

Une fois dehors, Sophie ralentit le pas, jusqu'à ce que j'arrive à sa hauteur.

— Daniel, tu as écouté le prêche ? Tu as entendu ?
— À propos du diable ?
— Oui.

Elle me tapota le bras, comme on réconforte un enfant.

— Eh bien, on le laissera enfermé dans la boîte. On ne lui ouvrira pas la porte, on ne l'invitera pas dans nos jeux. Comme ça, il ne nous arrivera rien.

19

Il se passa encore plusieurs semaines. Je grandissais et forcissais à vue d'œil. Quelque part, au fond de moi, je savais que mon séjour ici ne pouvait durer éternellement et que j'étais, pour ainsi dire, en sursis. Mais j'avais trop peu d'expérience du monde pour deviner ce qui m'attendait.

Ce fut un testament.

Un soir que nous étions dans le jardin, nous vîmes le docteur Marlow revenir du travail, une lettre à la main. Il nous raconta quelques anecdotes à propos de sa journée, puis ordonna à ses filles de rentrer dans la maison et s'assit près de moi sur la pelouse.

– Daniel, le testament de ta mère a enfin été authentifié par le juge.

Je le dévisageai, l'air interdit, sans doute, car Mrs

Marlow avait beau affirmer que j'apprenais vite, j'étais loin d'avoir les connaissances d'un homme de loi.

— Toutes ses affaires ont été réglées, m'expliqua-t-il. J'aurais aimé pouvoir te dire que tu n'avais aucun souci à te faire, sur le plan financier, mais malheureusement, comme je le redoutais, ce n'est pas le cas. Nous n'avons trouvé aucun argent caché et tout ce que ta mère possédait a dû être vendu pour payer ses dettes. Autrement dit, il ne te reste plus rien.

Jusqu'alors, je n'avais jamais pensé une seule fois à mon héritage. Mais manifestement, le docteur Marlow attendait que je dise quelque chose, alors je demandai :

— Rien ? Rien du tout ?

— Rien qui ait de la valeur.

Il regardait fixement le gazon, entre ses genoux repliés.

— Elle avait déjà perdu tant de choses, dans sa vie, que nous n'avons pas eu le cœur de lui ôter son alliance, après sa mort. Il ne reste donc que la maison de poupée et un petit souvenir que ta mère avait sur elle, quand on l'a emmenée à l'hôpital. C'est pour toi.

Il fouilla dans sa poche.

— Un joli petit objet.

Mon cœur chavira lorsqu'il le sortit. C'était l'étui en ivoire, pas plus long qu'un doigt, dans lequel ma mère rangeait ses crochets à dentelle.

J'avançai la main pour le prendre et la retirai aussitôt.

— Mais, est-ce qu'il était dans sa poche quand…

Je ne pus achever ma phrase. Le docteur Marlow s'empressa de me rassurer.

— Non, non. L'infirmière en chef l'a trouvé caché dans un feston de la robe de ta mère, le jour où elle est arrivée à l'hôpital. Craignant qu'elle ne l'utilise comme une arme pour se mutiler, elle l'a rangé au fond d'un tiroir. Et on l'a oublié. Mais quand on l'a retrouvé, je le confesse, j'ai demandé à l'infirmière en chef de le remettre soigneusement en place, jusqu'à ce que les huissiers aient fini leur saisie.

Il serra ma main dans la sienne.

— Je me suis dit qu'une fois le testament authentifié, tu serais content qu'il te reste au moins un petit souvenir de ta mère.

Un minuscule souvenir.

Je dévissai le petit bouchon et fis glisser les crochets dans ma main. On eût dit quatre jolies allumettes.

– C'est tout ce qu'il me reste d'elle ?

– Pour l'instant, répondit-il d'une voix très mystérieuse. Mais nous avons bon espoir de trouver autre chose de bien plus substantiel.

Peut-être s'attendait-il à ce que je le presse de m'en dire davantage et de me révéler son secret : pourquoi il avait fait peindre la maison de poupée et dans quel but. Mais j'aurais été incapable de feindre la moindre reconnaissance quant à ses efforts pour me trouver un autre foyer. Je remis les crochets en place, revissai le couvercle et fourrai le petit étui d'ivoire tout au fond de ma poche. Puis, l'ayant remercié de se prévenance, je partis précipitamment.

Mais je restais sur mes gardes. Un matin, depuis le palier du premier étage, je vis le docteur ouvrir une des enveloppes posées sur le plateau d'argent du guéridon, dans le vestibule, et en sortir une autre du tiroir. Il ouvrit cette dernière, la lut entièrement puis leva la tête.

Me voyant en train de l'observer, il me dit, légèrement gêné :

– Bonjour, jeune homme.

Je descendis et le suivis dans la pièce où le petit déjeuner était servi. Le docteur se pencha pour murmurer quelque chose à l'oreille de sa femme avant qu'elle ne récitât le bénédicité. Ce fut un repas étrangement agité. Sophie lançait des regards intrigués tour à tour à son père et à moi, qui semblais faire la tête. Même l'imperturbable Mrs Marlow avait l'air troublé. Comme d'habitude, Mary et Cecilia bavardaient sans relâche, faisant leurs plans pour la journée ; mais sans doute avaient-elles remarqué qu'il se tramait quelque chose, elles aussi, car elles ne furent pas du tout surprises lorsque le docteur se tourna vers moi et me dit :

– Viens dans mon bureau, Daniel. Il faut que nous parlions de ton avenir.

Je le suivis, tête basse, comme un veau qu'on mène à l'abattoir.

– Allons, allons, me gronda-t-il, dès que nous fûmes seuls. Les nouvelles sont bonnes, enfin pas trop mauvaises. Nous avons retrouvé la maison qui a servi de modèle pour ta maison de poupée.

Il avait l'air si fier que, n'y tenant plus, je lui lançai :

– J'aurais préféré que vous ne la trouviez jamais ! Est-ce loin ? Oh oui, je parie que c'est loin. Sûrement à l'autre bout du pays, sinon, nous en aurions entendu parler plus tôt. Et on va m'envoyer dans une famille qui ne me connaît pas et qui ne veut pas de moi, et je ne reverrai plus jamais personne de chez vous !

Consterné, il posa les mains à plat sur son bureau et me dévisagea longuement. Nous gardâmes longtemps le silence. Finalement, il murmura presque :

— Daniel, je n'avais pas le choix. Il était moralement de notre devoir d'essayer de retrouver ta vraie famille.

— Pourtant vous avez caché les crochets de dentellière ! l'accusai-je. Et vous avez fait revenir la maison de poupée ici, avant qu'on ne la vende pour payer l'épicier ! Alors pourquoi vous êtes-vous servi d'un tout petit indice que je vous avais donné pour entreprendre toutes ces démarches ?

J'en avais trop dit. Il haussa les sourcils.

— Tu savais ? Tu étais au courant de l'annonce que j'ai fait passer dans *Maisons de campagne* ?

— J'étais au courant pour la peinture, avouai-je de mauvaise grâce. J'ai vu le magazine et j'ai deviné le reste.

Ce n'était pas le moment — et le docteur le savait fort bien — de me réprimander pour avoir fouiné dans son bureau. Il laissa donc passer et tenta, une fois encore, de me réconforter.

— Daniel, ça pourrait te faire le plus grand bien.
— Je me plais ici.

Il soupira et attendit. Mais je n'avais rien de plus à dire. Je gardais la tête baissée. Au bout d'un moment, le docteur Marlow pris un ton plus professionnel. Il me tendit une lettre en disant :

— Ceci vient d'une femme qui était autrefois la receveuse des postes d'un petit village appelé Illingworth.

J'attendis.

— Cela se trouve dans les Downs, ajouta-t-il.

Je ne disais toujours rien. Il insista.

— Les Downs sont des massifs calcaires situés dans le sud du pays, près de la côte.

— À des dizaines de milliers de kilomètres d'ici !

— Trois cents kilomètres, admit-il.

— Écrivez à cette dame, l'implorai-je. Dites-lui que le peintre a raté son tableau et qu'elle a dû se tromper.

— Daniel, elle dit que le tableau est la copie conforme d'une propriété nommée High Gates, et que lorsqu'elle est partie s'installer à Londres, il y a plusieurs années, elle appartenait à un certain Mr Severn.

Severn ? Comment aurais-je pu cacher ma stupéfaction ?

Le docteur Marlow se pencha en travers du bureau pour me dévisager plus intensément et me demanda, intrigué :

— Tu connais ce nom ?

Je secouai la tête. D'abord Séverin et maintenant Severn ? La vague ressemblance avec le jeu de lettres inventé par Sophie ne pouvait pas être une simple coïncidence.

— Non, docteur Marlow. Je ne connais personne de ce nom-là.

Pourtant, j'étais très mal à l'aise. Mon trouble venait-il de ce que je ne jouais pas franc jeu avec cet homme qui avait été si bon pour moi ? Ou plutôt du fait que je savais d'ores et déjà qu'une raison plus profonde m'avait amené à mentir.

Le docteur haussa les épaules.

— Mon interlocutrice dit que ce capitaine Severn…

De nouveau il me vit tressaillir. N'avions-nous pas nommé notre nouvelle poupée « capitaine », la première fois que nous avions joué avec ?

Le docteur Marlow s'interrompit pour me lancer, accusateur :

— Tu le connais ! Tu connais cette personne !

— Non, je vous assure que non !

Obligé de me croire, le docteur haussa les épaules.

— Ma correspondante, reprit-il, dit que ce capitaine avait une sœur qui aurait aujourd'hui l'âge de ta mère. Elle s'appelait Liliana.

Il se pencha vers moi.

— Est-ce que tu comprends ? Cela signifie que tu aurais un oncle encore vivant. Maintenant, essaie de te souvenir, Daniel. Ta mère ne t'a-t-elle jamais parlé d'un frère ?

L'image de ma mère à genoux ressurgit dans ma mémoire. « *Et protégez mon cher petit Daniel et son oncle Se…* » Une prière tronquée à peine audible qui provenait peut-être simplement d'un rêve pouvait-elle être une preuve supplémentaire de l'existence d'un frère ? Certainement pas. Non ! Et j'allais m'efforcer aussi d'oublier ce que j'avais lu à propos des délires nocturnes de ma mère à l'hôpital. Je ne voulais pas de cet oncle !

— Jamais, répondis-je donc avec assurance.

— C'est étrange que… murmura le docteur.

Son regard suspicieux donna encore plus de poids à l'argument que j'avançai ensuite.

— Et même si cet homme avait quoi que ce soit à voir avec moi, je suis certain que ma mère se serait farouchement opposée à ce qu'on me renvoie dans un lieu qu'elle était si déterminée à oublier!

Je vis que cet argument avait fait mouche. Mais il s'entêta.

— Daniel, c'est ton parent par le sang!

Je ne devais pas laisser passer cette chance. Je fis le tour du bureau, et, tout comme Sophie aurait pu le faire, je me jetai à son cou.

— Oh, je vous en supplie, ne me renvoyez pas! Vous savez bien que je ne veux pas partir! Pourquoi vous et les vôtres ne me gardez-vous pas? Je gagnerai ma vie, je vous rembourserai chacune des bouchées de pain dont vous m'avez nourri. N'ai-je pas déjà eu assez de malheurs dans ma vie? Ne me renvoyez pas!

Il essaya de m'écarter de lui en me maintenant à bout de bras.

— Daniel, pendant tout un temps j'ai pensé...

Pas question de le laisser finir.

— Je vous en prie! Le fait que j'aie perdu ma mère devrait suffire à éveiller la pitié d'un oncle! Je suis certain que ce capitaine Severn me laissera le choix entre vivre avec lui et rester avec vous!

Je crus avoir trouvé un compromis qui lui semblait valable.

— C'est possible.

Le docteur me donna une petite tape sur l'épaule et essaya de me dérider avec une plaisanterie.

— N'importe qui n'est pas prêt à accueillir chez lui des ouragans d'émotions comme ceux que tu es capable de soulever !

Puis il redevint grave.

— Toutefois, je dois tout de même lui écrire.

— Non, pas tout de suite. Attendons que je sois assez grand pour choisir moi-même.

Mais le docteur Marlow avait repris son air sévère.

— Daniel, c'est ton *oncle*. Et étant actuellement ton tuteur, maintenant que j'ai appris son existence, je me dois de l'informer de la tienne.

20

Ainsi, aussi simplement que l'on fait rouler des dés sur une table de jeu, mon destin fut placé entre les mains d'un étranger. Quand je lui appris cette sinistre nouvelle, Sophie fut scandalisée.

— En voilà un drôle d'oncle ! Quelqu'un qui ne t'a jamais vu de sa vie ?

— Il était peut-être parti en mer, avançai-je sans grande conviction.

— En mer ? Pourquoi en mer ?

— Parce qu'il est capitaine de navire.

J'observai sa réaction.

— Il s'appelle le capitaine Severn.

— *Severn* ?

Sophie pâlit.

— Oh, Daniel !

Puis elle tenta à son tour de se prémunir contre l'étrangeté de cette coïncidence.

– Non ! Je refuse de croire à ces histoires à dormir debout ! Peut-être que, dans ton enfance, tu as entendu ce nom et que tu l'as prononcé quand tu avais la fièvre et que moi, je l'ai entendu dans un de mes rêves et que…

Je l'interrompis, de peur de me laisser entraîner dans ses explications confuses et désespérées.

– C'est vrai, Sophie ! Ces histoires-là n'ont ni queue ni tête et nous allons cesser d'y penser.

Et nous nous efforçâmes, l'un comme l'autre, de chasser toutes ces sinistres idées, ou tout au moins de ne pas exprimer nos craintes respectives. Mais je passai les semaines suivantes à me perdre en conjectures, plus angoissantes les unes que les autres. Peut-être une lettre de High Gates allait-elle arriver le jour même, le lendemain, dans quelques jours ? Peut-être m'apporterait-elle un soulagement définitif : « Je n'ai aucun neveu. » Ou alors, elle dirait, au contraire : « Un neveu ! Eh bien, envoyez-le-moi ! Je le prendrai sous mon toit et en ferai mon héritier. »

Je ne cessais de cogiter. Le capitaine était-il encore en mer ? Et si j'allais vivre là-bas, serais-je sous ses ordres, ou simplement à la charge de sa gouvernante et de ses domestiques, de sa cuisinière et de ses jardiniers ? Si ça se trouve, le capitaine avait eu un revers de fortune et High Gates n'était plus qu'une ruine dont les murs ne tenaient debout que par le lierre qui les dévorait, une demeure sentant le moisi, où l'on grelottait en permanence et où il fallait contourner les baquets installés sous les fuites du toit ?

À chaque fois qu'elle entendait le facteur, Sophie se levait d'un bond.

– Il y a peut-être une lettre, aujourd'hui !

– On dirait que tu es pressée de me voir quitter cette maison ! lui reprochais-je.

Mais elle avait déjà laissé en plan ce qu'elle était en train de faire pour sortir de la pièce au pas de course.

Un matin, elle revint plus vite que d'habitude.

– Daniel, elle est arrivée.

Je la suivis dans le vestibule. Une longue enveloppe reposait sur le plateau d'argent. Sophie s'approcha et pointa du doigt le cachet.

– Regarde, elle vient d'Illingworth.

Toutefois nous ne pouvions rien faire que la regarder fixement en attendant que le docteur Marlow revienne déjeuner. Il vit la lettre et l'emporta aussitôt dans son bureau. Je patientai dans le vestibule. Cette attente ne dura sans doute pas plus d'une ou deux minutes, mais elle me sembla interminable. Enfin il m'appela.

— Entre, Daniel.

J'obéis, mais de si mauvaise grâce que je dépassai à peine le pas de la porte.

— Entre, entre, mon garçon. Il n'y a rien de dramatique. Ce n'est pas une convocation à ton enterrement.

— Mais c'est une convocation ?

Il acquiesça.

— Ton oncle, et c'est tout naturel, se dit très impatient de rencontrer ce neveu qu'il ne connaît pas.

Une fois de plus, j'argumentai de mon mieux pour tenter d'infléchir mon destin.

— Quelle sorte de frère pouvait-il être, pour que ma mère mette autant de soin à lui cacher ma naissance ?

Le docteur parut embarrassé.

— Daniel, tu es assez grand pour savoir que le monde n'est pas tout rose. Imagine que ta mère n'ait pas eu le droit de se marier. Comme toute femme dans une position délicate, elle a pu décider de cacher ton existence non seulement à ses amies, mais aussi à sa famille.

Il fronça les sourcils.

— Et à supposer même qu'elle eût été veuve, donc mère d'un enfant légitime, tu conviendras qu'elle avait des idées singulières et une propension exagérée à éviter toute compagnie. Le fait qu'elle ne t'ait pas présenté à ton oncle en dit plus long sur sa fragilité mentale que sur le tempérament de ce dernier.

— Mais on n'en sait rien.

— On ne sait pas grand-chose, dans la vie. Mais on peut chercher à comprendre. Tu as là une première occasion de le faire.

Résolu à se montrer optimiste, il mit la lettre de côté, fit le tour de son bureau et vint poser ses mains sur mes épaules.

— Daniel, tu connais très peu de choses de ce monde. Le moment est venu pour toi d'entreprendre ce long voyage qui fait découvrir la vie. Alors vas-y, lance-toi. Sois courageux. Va à Illingworth rencontrer ton oncle. Reste quelque temps avec lui. Si vous vous entendez bien et que tu es heureux là-bas, tu auras envie d'y rester plus longtemps.

— Sinon?

Il me donna une petite tape d'encouragement.

— Eh bien, il y a beaucoup de garçons et de filles de ton âge qui gagnent déjà leur vie, Daniel. J'aurais du mal à croire que d'ici à ton prochain anniversaire, au plus tard, tu n'aies pas réussi à convaincre ton oncle de te laisser partir.

Ce n'était pas ma détermination que j'étais en train de mettre à l'épreuve, mais plutôt celle du docteur Marlow.

– Mon prochain anniversaire ?

Il haussa les épaules.

– Pourquoi pas ? Le capitaine me fait l'effet d'un homme réfléchi et raisonnable.

Il prit la lettre et l'agita devant moi.

– Là-dedans, il m'affirme que non seulement on viendra te chercher à la gare, mais qu'il a l'intention d'envoyer ici une charrette pour prendre tout ce qui t'appartient ou a appartenu à ta mère, afin que tu ne sois pas trop dépaysé, à Hill Gates.

Là-dessus, au moins, nous pûmes échanger un petit sourire.

– Tout ce qui m'appartient ? Je n'ai pas besoin d'une charrette pour emporter les petits crochets de dentellière. (Je rougis.) Quant à la maison de poupée…

Le docteur lut dans mes pensées.

– Tu as vécu toute ton enfance privé de cerceaux, de raquettes, de ballons, d'arc et de flèches. Mais peut-être n'as-tu pas envie que ton oncle pense que tu joues à la poupée ?

Il prit une généreuse décision.

— Oublions la maison de poupée pour le moment, laissons-la ici. Je vais dire à ton oncle que tout a été vendu à la mort de ta mère. Inutile d'être plus explicite pour l'instant. Ensuite, si tu décides de rester là-bas, nous te ferons envoyer la maison de poupée.

— Et si je ne reste pas ? Je pourrai revenir ici ?

Il me serra dans ses bras.

— Comment peux-tu en douter ? Tu seras toujours le bienvenu dans cette maison !

— Vous me le promettez ?

— Je te le promets.

Je séchai mes larmes.

— Alors, je vais y aller.

— À la bonne heure, mon garçon ! Bravo pour ton courage. Et à présent, allons faire part aux autres de nos plans.

21

À partir de ce jour, Cecilia et Mary se mirent à coudre avec frénésie.

– Voici les brandebourgs pour aller sur ta nouvelle veste, Daniel. Tu seras beau comme un officier porte-enseigne, quand nous aurons fini.

– Tiens-toi droit, que je puisse prendre les mesures. Remarque, maman dit que tu grandis tellement vite qu'il faut laisser de la marge à ton ourlet de pantalon si on veut qu'il fasse de l'usage.

Il fallut s'occuper aussi de mon voyage. Les Marlow imaginaient que mon oncle aurait son mot à dire sur les modalités ; mais dès qu'il avait su que, tout ayant été vendu, il n'avait pas besoin d'envoyer une charrette, plus aucune lettre n'arriva de High Gates. Aussi le docteur et son épouse prirent-ils eux-mêmes des dispositions. Le docteur dénicha, au fin fond du grenier, le vieux sac de voyage en toile qu'il avait quand il faisait ses études. Je regardai Mrs Marlow y déposer soigneusement, entre des couches de papier de soie, les vêtements que ses filles et elle avaient achetés ou confectionnés pour moi. Je l'observai encore lorsqu'elle bourra mes nouveaux souliers avec des boules de papier journal. Mon pied gauche déclarait : *Un ministre du nouveau gouvernement souffrant*, tandis que mon pied droit s'exclamait : *Inauguration du Grand Théâtre !*

Puis vint la dernière soirée, pendant laquelle tous les habitants de cette maison me serrèrent maintes fois dans leurs bras, me souhaitant bonne chance pour le lendemain. Deux heures avant l'aube, le docteur vint me réveiller et nous prîmes tous deux un petit déjeuner sans entrain. Nous allâmes à pied à la gare de chemin de fer et attendîmes dans la triste lumière de l'aube de voir arriver le train qui s'arrêta bientôt à notre hauteur, dans un panache de fumée. Le docteur m'étreignit la main puis me poussa dans le wagon, après m'avoir chaleureusement serré dans ses bras une dernière fois. La porte claqua derrière moi. Le chef de gare émit un coup de sifflet long et strident. Et enfin, tel un paquet bien ficelé n'ayant aucune idée de l'endroit où il va ni du pourquoi de son voyage, moi, Daniel Thomas Cunningham, je fus précipité dans le vaste monde.

Et quel monde ! Appuyant ma tête contre la vitre, je regardai vaches et moutons défiler dans le demi-jour. De pâles collines déroulaient l'une après l'autre leurs rondeurs. De temps en temps, le train s'arrêtait dans un bruit de ferraille pour laisser des passagers descendre ou monter.

Sous la surveillance du chef de train, je changeai deux fois et arrivai à Londres, où un ami du docteur Marlow me fit traverser la capitale en taxi.

– Quel dommage que vous ne puissiez faire halte pour visiter la ville. Mais vous êtes jeune encore. Vous aurez tout le temps, plus tard.

À la gare Victoria, il hissa mon sac de voyage dans le porte-bagages et glissa dans ma main sa carte de visite.

– Si jamais vous revenez un jour à Londres, faites-moi signe. Nous irons visiter les monuments que nous n'avons pu voir aujourd'hui. Bon, avez-vous votre billet ?

Je tapotai la poche de ma veste.

– Et quelqu'un vous attend sur place ?

– On a envoyé l'heure d'arrivée de mon train.

– Avez-vous de l'argent ?

– Oui. Le docteur a insisté pour me donner de quoi voir venir.

– Eh bien, moi aussi je vais insister. Tenez !

Je voulus refuser son cadeau, mais il n'en était pas question.

– Non, non. Vous serez étonné de voir que quelques shillings dans la poche peuvent s'avérer bien utiles, pour un garçon de votre âge.

– Non, vraiment, je ne…

Mais il partit, ne me laissant d'autre choix que d'empocher l'argent et de lancer un merci à sa silhouette qui disparaissait dans la foule. Je retournai m'asseoir à la fenêtre de mon compartiment d'où je contemplai des banlieues noires de suie, des ponts de ferraille, avant de traverser une campagne riante, couverte de forêts et parsemée de coquets villages.

J'eus encore un changement. À Amford, j'attendis une demi-heure, comme on me l'avait indiqué, jusqu'à ce qu'un train court se range le long du quai. J'y grimpai. Il s'arrêta à plusieurs endroits, parfois le long d'un simple quai en lattes de bois, où la voie ferrée traversait une route ou bien passait devant quelques chaumières. Tout autour s'étendait maintenant un paysage plat et crayeux et, du haut du ciel immense, le soleil déversait une lumière blanche sur les contours des collines.

– Est-ce que ce sont les Downs ? demandai-je à la dame assise en face de moi.

Elle me fit signe que oui. Nous étions donc presque arrivés. Le train me surprit en passant dans un court tunnel, puis un second.

– Tiverley Down et Illingworth ! annonça le chef de train. Je pris mon sac et descendis du wagon.

Avant même d'avoir posé les pieds sur le quai, je me sentis bizarrement mal à l'aise. Le monde clair et brillant qui m'entourait s'assombrit tout à coup, comme si un énorme oiseau malveillant volait au-dessus de moi. Je m'entendis marmonner mon pressentiment – « C'était une funeste erreur ! » – au moment où des ombres roulaient sur le paysage. Mais, levant la tête, je vis qu'il ne s'agissait pas d'un signe du destin pour m'inciter à remonter immédiatement dans le train et fuir cet endroit au plus vite. Non, simplement un nuage passait devant le soleil.

D'un bond je me retrouvai sur un chemin cahoteux. En dépit de la promesse de mon oncle, il n'y avait personne pour m'accueillir. Alors je m'assis sur mon sac et j'attendis. Bientôt je vis arriver un cheval et une carriole qui soulevait une poussière blanche sur son passage. Je me levai d'un bond, mais le cocher se contenta de m'adresser un signe de tête en passant, et finalement je me rassis sur mon sac, me demandant si j'arriverais à destination avant la nuit.

J'attendis encore. Mais à présent je craignais que le capitaine Severn, qui n'avait appris que très récemment mon existence, ne m'eût déjà oublié. Ou qu'il se fût trompé de jour. Comme je n'avais pas l'habitude de faire quoi que ce soit par moi-même, je restai assis là, empêtré dans mon apitoiement et mon angoisse, jusqu'au moment où je me posai cette question : que ferait Sophie dans une telle situation ?

La réponse me vint aussitôt. Elle ne resterait pas là une minute de plus, à redouter le pire et à lire de mauvais présages dans le moindre nuage. Elle hausserait les épaules, se secouerait et irait chercher quelqu'un qui puisse lui indiquer le chemin.

Avais-je besoin de Sophie à mes côtés pour suivre son exemple ? Non. Donc, dans le jour qui baissait, je me mis en route pour Illingworth, qui, à première vue, ne comptait guère plus qu'une église de pierre et quelques jolies maisons rassemblées autour d'une place. Je vis la poste où travaillait jadis la personne qui avait renseigné le docteur Marlow. J'en éprouvai un nouvel accès de rancœur à l'égard de cette informatrice si zélée, à cause de laquelle j'avais entrepris ce maudit voyage. Vu l'heure tardive, la poste était fermée, comme toutes les autres maisons d'ailleurs. En revanche, je vis s'avancer vers moi, au milieu de l'unique rue du village, deux femmes se ressemblant comme deux gouttes d'eau, mais d'âge très différent, d'où je conclus qu'il devait s'agir d'une mère et de sa fille.

Lorsqu'elles arrivèrent à ma hauteur, je demandai mon chemin.

– High Gates ? Elles échangèrent un regard inquiet et embarrassé. Voyaient-elles en moi un fauteur de troubles ? Pourtant, tandis que la fille continuait de me regarder fixement, la mère me répéta, plusieurs fois, qu'il fallait suivre tout droit la route sortant d'Illingworth, gravir la côte, puis prendre le chemin de terre indiquant Farley Down.

– Surtout restez bien du côté sud du bois. Suivez le sentier qui le contourne. Vous reconnaîtrez la maison aux deux aigles en pierre sur les piliers du portail.

Je me mis en route, non sans les avoir remerciées. Mais j'avais vu si souvent Mrs Marlow secouer désespérément la tête en tournant la mappemonde que je me pensais incapable de reconnaître le sud – tout comme l'ouest, l'est ou le nord. Derrière moi, le soleil disparaissait dans une lueur rougeâtre, et je savais qu'il se couchait à l'ouest. Je me dis que si j'arrivais à me repérer maintenant, j'aurais moins de mal à trouver le chemin qui tournait et virait.

Je me retournai donc.

Effectivement, le soleil était là, énorme boule rouge feu, en train de disparaître derrière la plus lointaine colline. Mais je vis aussi les deux femmes qui n'avaient pas bougé de l'endroit où je les avais laissées et continuaient de m'observer, comme si elles n'avaient jamais vu de leur vie un garçon quitter leur village à pied.

DEUXIÈME PARTIE

22

Le chemin de terre était nettement marqué, le panneau indiquant Farley Down se trouvait là où on m'avait dit, et il me fut assez facile de suivre le sentier contournant le bois, même dans l'obscurité qui s'intensifiait. Enfin, lorsque je parvins devant le portail, aucun doute, les deux aigles menaçants étaient bien à leur poste. Mon cœur se serra. J'allais entrer dans la maison d'enfance de ma mère ! Combien de fois avait-elle dû passer entre ces deux piliers érodés par le temps ! Peut-être même avait-elle inventé des noms aux deux rapaces si intimidants qui montaient la garde et avaient dû la fixer de leurs yeux perçants, comme ils me fixaient ce soir.

N'importe quelle créature est inquiète devant l'inconnu : alors que je m'engageais dans l'allée envahie de mauvaises herbes, des oiseaux s'envolaient affolés et des couinements d'effroi jaillissaient des fourrés. Mais je sortis bientôt d'entre les arbres pour déboucher sur une vaste pelouse.

La maison était facilement reconnaissable. C'était la maison de poupée grandeur nature, sauf que le lierre la recouvrait presque entièrement. Quel curieux sentiment j'éprouvais à me trouver devant elle ! Avais-je rétréci au point de n'être guère plus grand que mes poupées ? Pour parfaire l'illusion, la lune sortit de derrière un nuage, et ce fut comme si je revivais soudain toutes les nuits où je m'étais glissé dans la peau de Hal, ce garçon solide, courageux et prêt à n'importe quelle aventure.

Étais-je vraiment retourné en enfance ? Les événements tumultueux des derniers mois n'avaient-ils été qu'un rêve ?

Je me tenais là, subitement désemparé, ne sachant plus que penser, lorsque, sous le portique, la porte d'entrée monumentale s'ouvrit. En sortit un monsieur à la démarche souple qui s'arrêta et regarda autour de lui, l'air de se demander si le temps se prêtait à une promenade nocturne. Quoiqu'il parût assez jeune — il ne devait être guère plus âgé que le docteur Marlow —, il avait les cheveux presque blancs. À part cela, je lui trouvai une allure en quelque sorte familière. Après tout, s'il s'agissait bien du capitaine Severn, il pouvait y avoir un air de famille. C'était difficile à discerner, car sa silhouette se dessinait à contre-jour dans le rectangle de lumière de la porte.

Je sortis de l'ombre.

Il m'aperçut tout de suite. Son air pensif s'évanouit instantanément. Pendant un court instant, il parut stupéfait, puis son visage se dérida pour m'adresser un sourire accueillant.

— Serait-ce mon neveu ? Daniel, n'est-ce pas ? Enfin te voilà !

Il traversa la pelouse et s'approcha, la main tendue.

— Thomas est donc bien allé te chercher à la gare, enfin si on peut appeler cela une gare !

Il jeta un coup d'œil à mon petit bagage.

— Tu peux laisser ton sac ici. Thomas se fera un plaisir de le porter dans la maison.

Il était tellement aimable qu'il eût paru grossier de lui dire que si Thomas avait prévu de venir me chercher à la gare, son projet ne s'était pas concrétisé. Je serrai un peu plus fort la poignée de mon sac et secouai la tête.

— Merci, mais il ne contient pas grand...

— Donc, même un gringalet comme moi peut le porter, coupa-t-il, triomphant.

M'arrachant littéralement le sac des mains, il fit demi-tour pour entrer par la porte en chêne sculptée que je reconnaissais parfaitement, et pénétrer dans ce même vestibule – mais vingt fois plus grand – où j'avais si souvent promené mes doigts, dans mes jeux d'enfant.

Il était un peu trop tôt pour dire que la maison m'était familière, aussi je déclarai simplement :

– Quel endroit splendide !

Il rejeta la tête en arrière, comme pour admirer le volume autour et au-dessus de nous.

– Splendide, en effet ! Pourtant, sans toi, j'avais l'impression de bringuebaler dans cette maison comme un scarabée mort enfermé dans une bouteille.

Quelle horrible comparaison ! Le capitaine avait pourtant l'air assez enjoué. Il ouvrit une porte et lança un ordre qui se répercuta en écho :

– Martha ! Notre jeune hôte est arrivé et je suis certain que, comme tous les gamins de son âge, il a une faim de loup !

Il me donna une bonne tape dans le dos puis me fit gravir le grand escalier tournant et traverser le palier jusqu'à la petite porte ronde située dans un renfoncement. Après avoir refermé le verrou, il me devança dans l'étroite volée de marches que je connaissais, celle qui conduisait au grenier. Ses pas lourds soulevaient de tels nuages de poussière qu'à l'évidence cet escalier n'avait pas été emprunté depuis des lustres. Je ne pus m'empêcher de me demander pourquoi, si mon oncle avait tant souffert de la solitude pendant toutes ces années, il avait décidé de me reléguer aussi loin du cœur de la maison.

Il ouvrit la première porte qui donnait sur le couloir sans lumière.

– Ce sera parfait, lança-t-il. Il jeta mon sac sur le lit qui semblait bancal et marcha jusqu'à la fenêtre.

– Regarde ! Tu as la plus belle vue de la maison. On domine toute la forêt jusqu'aux Downs.

Il se retourna pour me rassurer :

– Tu seras bien ici. Même si je n'ai aucun enfant de ton âge à te présenter, tu auras beaucoup de choses à faire. Je peux t'apprendre à chasser et à pêcher, tu sais. Tiens, je suis sûr que d'ici on voit la rivière !

Sortant la tête par la fenêtre, il se tordit le cou, espérant probablement apercevoir les reflets de l'eau sous le clair de lune.

J'en profitai pour parcourir la pièce des yeux.

Piqueté par l'âge et l'humidité, l'abat-jour de l'unique lampe laissait filtrer très peu de lumière. Le toit mansardé était si bas que je risquais fort de me cogner la tête si je m'asseyais dans mon lit. Il y avait peu de tableaux au mur. Les draps du lit étaient propres, mais la chambre empestait l'humidité.

On frappa discrètement à la porte. Je me retournai.

Une vieille femme au teint cireux apparut sur le seuil, chargée d'un plateau où trônait une soupière tellement énorme et ventrue que je m'étonnai que la dame eût trouvé la force de la monter. Dès que son regard croisa le mien, son visage perdit le peu de couleur qu'il avait. Craignant que le plateau ne lui tombât des mains, j'allais avancer pour le lui prendre et le poser en lieu sûr, lorsque le capitaine se retourna. La vieille femme était encore toute tremblante, mais il ne remarqua rien, car ses larges épaules faisaient obstacle au clair de lune qui éclairait jusqu'alors le visage ridé et bouleversé de la visiteuse.

– Ah, Martha ! Tu apportes le souper du jeune homme.

Il souleva le couvercle de la soupière et leva un coin de la nappe à carreaux.

— Une bonne soupe ! Et un tas de petits pains tout juste sortis du four.

Il agita vers moi un doigt faussement menaçant.

— Méfie-toi de Martha, mon garçon ! Elle va tellement bien te nourrir que la prochaine fois que tu te regarderas dans un miroir, tu croiras voir un petit tonneau.

Martha inclina la tête pour le remercier du compliment et sortit. Le capitaine se retourna vers moi et avança ses deux énormes mains pour saisir une nouvelle fois les miennes.

— Bon, assez bavardé ! Demain j'aurai tout le temps d'entendre ton histoire. Ce soir, contente-toi d'expédier ton souper et de poser ta tête sur l'oreiller pour partir dans tes rêves.

23

Il ne croyait pas si bien dire ! Jamais de ma vie je n'avais fait de tels rêves. La soupe m'avait fait du bien, mais j'aurais juré qu'elle avait été cuisinée par de mauvais génies. Ma nuit fut entrecoupée, chaotique, et pourtant je ne parvenais pas à sortir de ce sommeil agité. Les taches d'humidité des murs devenaient des visages difformes. Les personnages de mes rêves ouvraient la bouche pour parler et j'y voyais des crocs. Je m'enfuyais mais me retrouvais dans des cimetières géants où des anges de marbre pleuraient ; de vraies larmes coulaient sur leurs joues glacées, et j'entendais leurs lamentations, et les gémissements des morts.

Je fis un effort pour me réveiller. Étais-je devenu fou, comme ma pauvre mère ? M'obligeant à sortir du lit, j'avançai sur la pointe des pieds jusqu'à la fenêtre. Dehors, c'était le calme absolu. Le jour commençait à poindre. Un renard traversait la pelouse en secouant la rosée de son pelage. Dans le lointain des hiboux hululaient.

L'angoisse céda peu à peu. Je me lavai la figure avec l'eau du broc que je trouvai devant ma porte. Puis j'enfilai mes vêtements, longeai le minuscule couloir et descendis l'étroit escalier qui aboutissait à la petite porte ronde. Je la franchis et débouchai sur le grand pallier.

J'étais donc dans la maison où ma mère avait passé son enfance. Une maison qui m'était à la fois familière et inconnue. Les coffres en bois verni étaient les mêmes que dans la maison de poupée. Et, bien que les couleurs des tapisseries ornant les murs eussent tourné au gris sale, je distinguais le cerf aux abois et la cascade dont je me souvenais parfaitement.

En commençant à descendre l'escalier tournant, j'eus la surprise de voir mon image dans des miroirs sales. Ainsi, quelque chose avait donc changé. Dans ma maison de poupée, tout le long du mur de l'escalier étaient accrochés de petits portraits : une femme berçant un enfant ; un beau garçon solidement bâti ; une jeune fille en robe blanche. Ils avaient été remplacés par un fatras de tableaux champêtres et de miroirs disparates. Autour de certains cadres, le mur présentait des carrés de couleur plus sombre, en lieu et place des tableaux disparus. Pourquoi ces portraits avaient-ils été enlevés ? Je me dis que mon oncle ne voulait peut-être pas de ces tableaux qui lui rappelaient à tout instant sa solitude. À moins qu'il n'eût suspendu les portraits de ceux qu'il avait aimés dans sa propre chambre, afin de pouvoir les contempler plus souvent ?

Le changement, quelle qu'en fût la raison, avait été radical. Je passai en revue tous les murs, ceux du vestibule, puis ceux des pièces du rez-de-chaussée, examinant les cadres un à un : des miroirs encore, et des scènes représentant un troupeau au crépuscule, des fleurs et des fruits en quantité suffisante pour nourrir une armée entière et décorer douze tables de mariage.

Mais pas un seul portrait.

Un minuscule cliquetis se fit entendre. Je poussai la porte du couloir menant à l'office. Et là encore je constatai d'importantes différences : ce couloir, si gai dans ma maison de poupée, baignait ici dans un vert sinistre ; et au bout du couloir, la cuisine inondée de lumière où, sous mes doigts, mes poupées maniaient maladroitement poêles et casseroles devenait, dans ce monde réel, froide et sombre comme une caverne, avec des murs que l'humidité recouvrait de cloques et d'auréoles noires, et des plats ébréchés empilés n'importe comment sur le grand buffet.

J'y entrai sans bruit. Il n'y avait personne, mais la porte de derrière était entrebâillée.

Une aubaine. La cuisine de ma maison de poupée ne donnait que sur une mer de tapis ou sur le papier peint du mur contre lequel elle était installée. Et, ma mère ne m'ayant jamais parlé des endroits où elle jouait, je n'avais aucune idée de ce qui se trouvait derrière la maison. La curiosité me poussa à avancer. Je découvris une cour pavée traversée de cordes à linge et entourée d'appentis en ruines. Ne voulant pas être surpris en train de fouiner dans les réserves ou les caves à charbon, je franchis un porche sur le côté de la cour, pensant faire le tour de la maison et retrouver l'étrange vision de la veille au soir – une demeure que je connaissais par cœur se dressant, dans sa taille réelle, sur fond de vrai ciel, au milieu d'un vrai domaine, mais (contrairement à ma jolie maison de poupée) si pourrie et délabrée qu'elle semblait ne tenir debout que grâce au lierre qui l'enlaçait.

À ce moment, j'aperçus une ombre entre les arbres.

Un homme. Pendant un instant, je pensais que ce pouvait être mon oncle qui se serait levé encore plus tôt que moi. Mais lorsque la silhouette s'arrêta, je vis que l'homme portait sur l'épaule une binette. Il avait une barbe grisonnante comme celle du capitaine, mais il était de plus petite taille – à peine plus grand que moi.

À mesure que je m'approchais, il reculait, comme s'il espérait que j'allais le laisser se fondre dans l'obscurité du bois. Mais je m'entêtai, car cet homme me dévisageait avec la même stupeur que Martha, la veille. Et le désir profond de résoudre le mystère attaché à mon existence – où j'étais, qui j'étais et pourquoi les choses s'étaient passées ainsi – me donnait de l'audace.

Je sentais qu'à cet instant le hasard m'offrait une première occasion d'enfoncer cette porte qui s'était refermée sur mon passé.

Parvenu tout près de lui, je m'enhardis à lui demander :

– Dites-moi, est-ce que je ressemble tant que cela à ma mère ?

Il continua de me fixer, sans bouger, mais ne dit pas un mot.

Je persévérai.

– À voir votre tête, la mienne ne vous est certainement pas inconnue.

Toujours aucune réaction, seulement ces deux yeux gris figés dans une attente polie et silencieuse. Décidé à insister, je le provoquai encore.

– Et je suis sûr que vous avez connu ma mère !

Là, il se redressa, comme sous l'effet d'une décharge électrique. Mais lorsqu'il répondit, ce fut assez calmement.

– Oh oui. J'ai bien connu ta mère. Très bien, même.

Une bouffée de colère monta en moi, sans que je sache pourquoi. Parce que j'avais l'impression que tout le monde en savait plus que moi sur ma mère ? Ce sentiment oppressant me rendit insolent. Me surprenant moi-même, je penchai la tête, comme une fille, et redemandai effrontément :

– La ressemblance est-elle si frappante ?

Et cette fois le choc fut pour moi, car je vis bien qu'il se retenait pour ne pas me gifler. Il parvint à se contrôler et admit, avec une moue dédaigneuse :

– La ressemblance est aussi parfaite que possible, à ceci près qu'*elle* était d'une beauté et d'une gentillesse irréprochables alors que *toi*, tu m'as tout l'air d'un jeune blanc-bec sans cervelle !

Sur ce, il s'éloigna à grands pas, me laissant tout honteux, incapable de lui courir après avec d'autres questions, comme s'il m'avait laissé m'engluer dans une boue aussi épaisse que son mépris.

24

Comme j'étais malheureux, abandonné dans ces bois d'un noir d'encre ! J'en aurais pleuré. Je voulais retourner me jeter dans les bras rassurants de Mrs Marlow. Je voulais être à table avec eux tous, écouter Sophie taquiner ses sœurs et se faire gronder par son père pour ses manières de garçon manqué. Je voulais quitter cette vraie grande bâtisse de pierre qui jetait son ombre glacée sur une vraie pelouse et retourner d'où je venais pour retrouver le petit monde de la fausse maison, ma jolie maison de poupée.

Il n'était pas question que je reste là, ah ça non ! Je n'allais pas moisir dans cette demeure vide et froide où l'on me reléguait au grenier et où des gens effarés me dévisageaient comme si j'étais un fantôme. Je resterai, juste le temps d'obtenir de Martha ou de cet étrange jardinier quelques parcelles de vérité sur ma mère.

Désespéré, abattu comme un enfant, je n'avais plus du tout envie de tomber sur des inconnus qui saisiraient la moindre occasion pour me manifester leur mépris. Aussi je décidai de retourner dans la maison, sans traverser la pelouse à découvert, comme à l'aller, mais plutôt par un sentier dissimulé à la lisière des bois. Mais son tracé tournait et virait tellement que bientôt je ne savais plus du tout où j'étais et qu'il me fallut marcher longtemps avant de revoir un rayon de soleil. Je quittai le sentier pour avancer dans cette direction, me frayant un chemin entre les arbres, à travers d'épais taillis, jusqu'à ce qu'enfin je parvienne dans une prairie dégagée.

Maintenant entre moi et les cheminées de la maison que je voyais au loin se dressait une haie de hêtres assez haute. En la longeant, je fus surpris de constater qu'elle suivait une courbe : elle tournait et tournait encore de façon à former un cercle parfait, avec une seule entrée : une arche taillée dans le feuillage, avec une petite porte.

Un labyrinthe ?

La haie était tellement haute que ma mère avait forcément connu cet endroit dans son enfance !

Avait-elle parcouru en tous sens les virages trompeurs pour se perdre dans ce dédale de verdure ?

Désireux de me figurer un peu ce qu'elle avait pu éprouver petite fille, je franchis la porte et me retrouvai plongé dans l'ombre. Les hêtres taillés, hauts comme des falaises, ne laissaient passer ni soleil ni chaleur. Sous mes pieds, la mousse était si épaisse que je marchais sans faire le moindre bruit. Je tournai en rond, plus que je n'avançai, car ce grand cirque végétal s'avérait être non un labyrinthe, mais une spirale sans fin. À mesure que j'avançai, en tournant en rond, la rangée d'arbres était si élevée de chaque côté que je commençais à me sentir comme une malheureuse fourmi cherchant son chemin dans un terrier de plus en plus profond.

Et soudain j'arrivai au bout de cette spirale qui allait en se resserrant et je me retrouvai dans une clairière.

Devant moi, au loin, se dressaient des pierres – deux ou trois assez grandes, de la même forme que les stèles d'un cimetière, et d'autres, plus basses, dont une cassée et une dépassant à peine du sol. Quelle étrange réunion ! On eût dit que cette paisible clairière était un lieu de rendez-vous où plusieurs vies avaient subitement été pétrifiées ; puis, au fil du temps, la mousse avait lentement resserré sa moelleuse étreinte, jusqu'à recouvrir l'ensemble.

Quelle sorte d'effroi s'empara alors de moi ? Je ne sais, mais en un clin d'œil j'avais fait demi-tour, courant à perdre haleine pour retourner, oui, retourner au plus vite dans le chemin en spirale. Plus il s'élargissait, mieux je respirais, mais je ne me sentis vraiment en sûreté qu'une fois revenu sur la grande pelouse inondée du soleil matinal.

Je m'aperçus que je tremblais encore de tous mes membres. Persuadé que la simple présence de quelqu'un, fût-ce une personne usée par les ans, m'aiderait à me ressaisir, je retraversai la pelouse au pas de course en direction de la maison et bifurquai au bout pour retourner dans la cour.

Martha s'y trouvait, penchée au-dessus d'un panier d'osier contenant un tas de torchons mouillés et tout emmêlés.

– Je vais vous aider ! ai-je crié avant même de l'avoir rejointe.

Cette fois encore elle me regarda fixement, comme si mon intonation l'avait mise hors d'elle. Toutefois, bien décidé à ne pas me faire rabrouer, je me penchai pour prendre un bon paquet de torchons mouillés.

C'est là que le capitaine me trouva, peu après, en train d'étendre le dernier torchon sur la corde à linge.

– Ah, te voilà enfin ! Un vrai lève-tôt, ce garçon ! Ce qui n'est pas pour me déplaire, note bien.

M'ayant regardé achever ma besogne, il ajouta :

– Et en plus, il se rend utile à la cuisine et à la buanderie. Ta pauvre mère t'a fort bien élevé, ma foi.

Je tentai de rassembler mes esprits pour lui signifier que c'était la bonne du docteur Marlow qui m'avait montré comment secouer et étirer du linge mouillé pour l'étendre comme il faut sur une corde. Mais il s'était déjà tourné vers Martha.

– Daniel et moi allons prendre le petit déjeuner ensemble. J'ai une foule de questions à lui poser.

Son regard se posa de nouveau sur moi et je remarquai, pour la première fois, les cicatrices sur son visage : une longue balafre nacrée en travers d'une joue, et de minuscules trous sur l'autre, comme s'il avait été touché par une volée de plomb. Je me sentis honteux d'avoir été assez mesquin pour penser qu'il me reléguait sans scrupule au grenier. N'avais-je pas devant moi un homme éprouvé dans des batailles navales ? Pour lui, ma chambre poussiéreuse sous les combles devait être un endroit follement excitant : un véritable nid-de-pie !

Au fond, sous ses airs revêches, mon oncle faisait de son mieux pour accueillir chez lui un jeune garçon.

25

Non sans inquiétude – quelles questions allait-il me poser ? saurai-je satisfaire sa curiosité ? –, je le suivis dans le corridor menant à la salle à manger. La table était déjà mise. Je m'assis et commençai à jouer nerveusement avec ma fourchette, jusqu'à ce qu'il pose sa main sur la mienne pour interrompre ce bruit agaçant.

– Bien, dit-il, nous devons faire connaissance, toi et moi.

Il me dévisagea un long moment en silence. Lorsque Martha nous apporta le porridge, il n'avait toujours pas dit un mot. Quant à moi, je m'efforçais de calmer mon cœur qui battait trop vite. Il va d'abord me parler de mon éducation, pensai-je, pour me rassurer. Il va me demander si j'ai des amis. M'interroger sur mes voyages et le métier que je veux faire plus tard. Et je n'aurai rien à lui dire, si ce n'est que j'ai passé toute ma petite enfance dans une chambre minuscule, à faire semblant d'être malade en étant pourtant convaincu que j'étais aux portes de la mort.

Et soudain je me rendis compte que, tout comme je ne savais absolument rien de l'enfance de ma mère, personne, ici, ne savait rien de la mienne. Le docteur Marlow m'avait parlé d'un nouveau départ et confié qu'il était resté très discret dans ses lettres, ne disant pas un mot à mon oncle des étranges obsessions de ma mère ni de son suicide. J'étais l'unique témoin de ma vie d'avant. Aussi, me disais-je, si je suis assez prudent dans mes réponses, je peux amener le capitaine Severn à croire que j'ai eu une enfance tout à fait normale, où rien ne laisse supposer que j'aie pu hériter du tempérament morbide de ma mère ou de ses étranges croyances.

Je fus interloqué par sa première question. Appuyant ses deux coudes sur la table bien cirée, il planta ses yeux verts dans les miens et me fixa de son regard perçant.

– Eh bien, Daniel, raconte-moi un peu : qu'est devenue Liliana, après avoir fui tous ceux qui l'aimaient et croyaient en elle ?

C'était un début bien incisif ! Je plongeai le nez dans mon assiette et, ne voulant pas qu'il pense que je ne savais rien de la vie de ma mère, je me contentai de répondre :

— Aussi loin que je me souvienne, nous avons mené tous deux une vie calme et tranquille à Hawthorn Cottage.

— Calme, Liliana ? Voilà une nouvelle pour le moins surprenante, pour nous qui l'avons connue enfant !

La surprise était pour moi ! Ma mère n'était-elle pas la quiétude incarnée ? Je sentais la confusion me gagner.

Mon oncle continuait à me fixer, tout en se mordant le poing.

— Une vie tranquille, dis-tu ? Ta mère ne fréquentait donc personne ?

J'espérais encore pouvoir lui cacher son comportement singulier et me dis que ce n'était pas vraiment mentir que de répondre :

— Non, mon oncle. Elle était peu encline aux rencontres.

Du même air inquisiteur, il dit :

— Aucune des dames de la ville n'est devenue son amie intime, sa confidente ? Pas un bel homme n'a tenté de conquérir son cœur de veuve et de faire de toi son fils adoptif et son héritier ?

De nouveau je scrutai mon assiette et murmurai :
— Non, mon oncle.
— Quoi ? lança-t-il au bout d'un moment. Tu ne veux pas me répondre ?

Me demandant s'il n'était pas un peu dur d'oreille, je levai la tête et répétai plus distinctement :
— Non, mon oncle.
— Aucun… (Il fit entendre un petit gloussement.) Aucun Mr Cunningham pour te donner son nom ?
— Mon père est mort avant ma naissance, répondis-je, non sans une certaine froideur.

Par gentillesse, peut-être, il reprit la conversation en amont.
— Tu me dis que Liliana n'avait ni amies ni prétendants.

Plissant les yeux comme pour me surprendre en flagrant délit de mensonge, il ajouta :
— En es-tu bien sûr ?

Je ne voyais aucune raison de lui cacher que ma mère et moi vivions un peu en vase clos.
— J'en suis sûr, parce que nous étions constamment ensemble, lui dis-je.

Il devint songeur.
— Donc, une vie aussi calme que si vous aviez été tous deux dans un tombeau.

Le rouge me monta aux joues. Comment avait-il pu voir aussi juste aussi vite ? Baissant la tête, je m'affairai dans mon assiette avec mon couteau et ma fourchette, tandis qu'il tambourinait sur la table de ses doigts écartés. Puis il reprit son interrogatoire. Comment ma mère gagnait-elle sa vie ? Comment faisait-elle pour payer ses factures ? Recevait-elle des lettres ? Lui arrivait-il de partir en voyage ? Avait-elle des domestiques ? Les questions pleuvaient, comme si elles s'étaient multipliées, au fil des années qu'il avait passées à attendre des réponses.

Je fis de mon mieux pour répondre poliment. Mais la brusquerie de son inquisition finit par susciter en moi un vrai malaise qui tourna vite au ressentiment. Car si mon oncle voulait gagner ma confiance et faire en sorte que je me sente bien chez lui, il aurait pu réfléchir et entamer cet intense interrogatoire par quelque chose de plus *fraternel*. En me demandant, par exemple : «Ta mère était-elle heureuse ?» Ou bien : «T'a-t-elle parlé de cette maison ?» Ou même : «Que disait-elle de moi ?»

À cet instant précis, comme si son regard avait vraiment réussi à perforer ma boîte crânienne pour lire dans mon cerveau, il prononça une phrase à laquelle je ne m'attendais pas du tout :

— Et que disait-elle de moi, ta mère ?

Cette fois, il me fallut beaucoup de courage pour soutenir son regard et répondre avec sincérité.

— Elle ne m'a jamais parlé de vous.

Il écarquilla les yeux.

— Comment cela, *jamais* ? Pas un mot ?

— Non, pas un mot.

Visiblement sceptique, il tendit le bras pour embrasser d'un geste tout ce qui nous entourait.

— Pas un mot sur cette maison ?

Je n'avais d'autre choix que de secouer la tête.

— Non, rien.

— Pas la moindre allusion aux années qu'elle a passées ici ?

— À moi, jamais.

Il répéta, rêveur :

— Pas un seul mot. Ça alors !

Et le silence entre nous dura tellement longtemps que j'aurais juré qu'il avait oublié ma présence, quand il murmura, pour lui-même :

— Décidément, il y a plus d'un moyen de se débarrasser d'une vie dont on ne veut plus...

26

Ce fut un capitaine Severn bien différent qui se leva de table : un homme affable et souriant. Il m'emmena visiter la maison, et, cette fois encore, j'y mis du mien : je fis l'effort d'admirer les choses qu'il me montrait – et que je connaissais par cœur en miniature –, de paraître surpris par les pièces qui avaient été mille fois le théâtre des aventures de Hal, Rubiana et Topper. En toute honnêteté, je dois donc admettre que ce n'est pas seulement ma fierté d'adolescent qui m'empêcha d'évoquer la maison de poupée, mais aussi mon éducation.

Et après, il était trop tard pour en parler.

Lorsque nous revînmes sur le palier du premier étage, je montrai du doigt la seule porte qu'il n'avait pas encore ouverte.

– Ce sont vos appartements ? Votre domaine privé ?

— Privé ! Penses-tu ! s'exclama-t-il. Cette pièce est aussi passante que Piccadilly Circus ! J'y fais tout : dormir, lire, trier des journaux ennuyeux. Mais la vue d'ici est presque aussi belle que celle que l'on a depuis ton nid d'aigle, là-haut. Viens, je vais te montrer.

Il s'avança vers la porte puis se retourna brusquement pour désigner quelque chose, derrière moi.

— Mais avant, jeune homme, admire ce lustre !

Je me penchai docilement par-dessus la rampe d'ébène. Toutefois, la première chose que je vis ne fut pas le lustre mais le mince rayon de lumière d'un vert jaunâtre qui traversait le dallage du vestibule, en bas, et j'eus la stupéfaction de le voir s'enrouler sur lui-même et disparaître. Au moment où je tournais la tête, quelqu'un avait prestement fermé la porte de l'office.

Martha était-elle tapie dans l'ombre en train de m'épier, comme ce drôle de jardinier ? Maintenant que l'espion inconnu était parti, j'examinai sagement les gouttes de cristal poussiéreuses qui, suspendues au-dessus du vide à quelques centimètres de moi, dessinaient un ensemble sophistiqué de cercles concentriques et de guirlandes. Tandis que j'admirais l'objet, j'entendis derrière moi un léger grognement, suivi d'un imperceptible tintement, comme si mon oncle avait profité de ce que j'avais le dos tourné pour attraper un objet métallique dans un des petits vases en porcelaine posés très haut sur l'étagère surmontant la porte de ses appartements.

N'entendait-il pas le bruit qu'il faisait, comme tout à l'heure, à table, il n'avait pas entendu ma réponse murmurée ? Manifestement, mon oncle avait l'ouïe moins fine que moi. Mais après tout, s'il voulait cacher la clef de sa chambre, cela ne me regardait pas. Je me penchai donc un peu plus avant sur la rampe, m'extasiant sur la beauté du lustre. En entendant la clef tourner dans la serrure, je me retournai. Il ouvrit la porte et, tout à coup, comme s'il avait vu une chose propre à le faire changer d'avis, il la referma.

— Oh et puis non ! Il fait trop beau ce matin pour rester enfermé à étudier de vieilles cartes marines. Laissons cela pour une autre fois !

Il m'ordonna de le précéder dans l'escalier pour descendre dans le vestibule.

— Un instant !

Une fois la clef remise dans le petit vase de porcelaine, où elle tomba avec un léger cliquetis, le capitaine me rattrapa en hâte et me prit le bras.

— Il faut que tu voies tout !

Et nous sortîmes. Le soleil éclairait les brins d'herbe jaune pâle poussant entre les fissures des dalles de pierre du perron. Mon oncle prit une ample inspiration.

— N'avais-je pas raison ? Il fait bien trop beau ce matin pour perdre son temps à l'intérieur.

Il partit d'un bon pas, traversant les pelouses en direction du cèdre majestueux, avant de bifurquer vers la rivière qu'il m'avait montrée la veille au soir. Tout à coup, j'aperçus un reflet cuivré à l'extrémité de l'étendue d'arbustes dans laquelle nous cheminions, et pointai mon index dans cette direction.

— Là-bas, ce devait être un labyrinthe, n'est-ce pas ?

Mon oncle eut l'air stupéfait.

— Là-bas ? Un labyrinthe ?

— Oui, les hêtres plantés en spirale, expliquai-je.

Il s'arrêta net.

— Ah, dit-il en baissant les yeux vers moi, sans sourire. Je vois que tu n'as pas perdu de temps pour rôder dans la propriété.

Rôder ? Mon cœur se mit à battre plus fort.

— C'est peut-être un endroit où vous ne voulez pas que j'aille… ?

— Non, non !

Il sourit d'un seul coup, comme s'il m'avait fait une farce.

— Un endroit où je ne veux pas que tu ailles ? Bien au contraire ! Tu ne peux pas savoir ce que j'ai hâte de te voir dans le Passage du Diable.

27

— Le Passage du Diable ?

Il éclata de rire et me dit :

— C'est là que les gentilshommes de la maison venaient déambuler en jurant et en proférant des malédictions.

Il avança de trois pas et se mit à frapper ses poings l'un contre l'autre avec fureur. J'eus terriblement peur, jusqu'au moment où je compris qu'il faisait seulement semblant d'être hors de lui.

— Que le diable l'emporte ! cria-t-il. Envoyez cet homme en enfer ! Que lui et toute sa famille soient maudits, jusqu'au dernier descendant !

Puis, reprenant progressivement un ton normal, il ajouta gaiement :

— Ce genre de choses, tu vois ? Des propos à faire rougir les dames.

J'étais sidéré.

— Vous voulez dire que quelqu'un a fait pousser ces immenses haies de hêtre uniquement pour pouvoir y marcher chaque fois qu'il était en colère ?

— Exactement. Ainsi nous autres, les hommes impulsifs et belliqueux, lorsque nous n'avons pas l'occasion d'aller guerroyer ici ou là, nous pouvons fuir la maison, courir vers ces chemins secrets, piétiner furieusement le gravier, cracher et jurer jusqu'à ce que, enfin calmés, nous puissions retourner voir nos épouses pétries de bonnes manières.

Cela le mit tellement en joie que j'eus envie d'en rire avec lui. Rejetant la tête en arrière, je tendis les mains et dis, d'une voix de femme haut perchée :

— Vous sentez-vous mieux à présent, cher trésor ?

Prenant la balle au bond, il répondit sur le même ton :

— Je suis redevenu moi-même, merci, mon ange.

Nous éclatâmes de rire en chœur. Et dès lors j'eus vraiment le sentiment qu'il était prêt à tout pour me rendre sa compagnie agréable. Il m'emmena sur un chemin où nous marchâmes longtemps, pour me montrer une famille de blaireaux.

— Nous reviendrons une nuit pour les regarder s'ébattre, Daniel. C'est un spectacle étonnant.

Il me montra où les champignons allaient sortir, à la fin de l'été. Il fit l'effort de m'expliquer comment les lièvres se comportaient au clair de lune.

Pourtant, il ne semblait pas mesurer l'effet que pouvaient avoir sur moi certains de ses propos.

— C'est ici que ta mère s'est ouvert le genou et a saigné comme un cochon qu'on égorge.

Ou encore :

— Tu vois là-bas, ce buisson de ronces ? Eh bien, Liliana prétendait que c'était celui qui donnait les mûres les plus juteuses. Combien de fois je l'ai vue se hisser sur la pointe des pieds pour remplir son panier ! Et ça, Daniel, c'est le chêne creux dans lequel ta mère passait des journées entières à se prendre pour un écureuil. Ce que j'ai pu me moquer d'elle ! Avec le recul, aujourd'hui, j'ai honte d'avoir été aussi suffisant.

Que croyait-il donc ? Que tous mes sentiments avaient été enterrés avec ma mère ? Je restai les yeux rivés sur ce chêne. Elle avait passé ici des heures à donner des coups de pied dans les feuilles mortes, à abîmer son tablier en grimpant aux arbres et à se cacher dans les troncs creux. Je la voyais presque là, la main en l'air, en train de sourire à…

À qui ?

Pas à moi, en tout cas. Les larmes me montèrent aux yeux et l'image devint floue, au moment même où le capitaine s'impatientait de me voir ainsi le regard dans le vague.

– Que regardes-tu ainsi ? Que vois-tu ?

Comme je me tournai pour cacher mes larmes, j'entendis un bruit dans les feuilles et j'aperçus de nouveau une ombre furtive. C'était encore ce même jardinier aux cheveux grisonnants. À tout autre moment, j'aurais pu sauter sur l'occasion pour questionner mon oncle à propos de ses étranges serviteurs qui semblaient toujours occupés à m'espionner, cachés derrière des portes ou des arbres. Mais je savais que ma voix tremblerait encore, car je n'arrivais pas à chasser les images de ma mère en train de s'amuser, chaque été, dans cette demeure. Je me ravisai donc et, bien que mes jambes eussent de plus en plus de mal à me porter, je fis l'effort de suivre le capitaine qui voulait m'emmener plus loin, toujours plus loin vers la rivière.

Au milieu d'un grand champ, il me montra du doigt une trace noire sur un énorme cèdre tombé.

– C'est un coup de foudre qui l'a abattu. Et ça devait être quelque chose d'effrayant, pour anéantir un pareil géant.

— Vous n'étiez pas là quand ça s'est produit ?

— Non, non. Tu as en face de toi un vieux loup de mer comme on n'en fait plus, tu sais. À l'époque, dans l'espoir de faire fortune, Jack Severn, ici présent, avait fait place à Jack Tar.

— Vous aviez pris la mer ?

— Exact.

Aussitôt son visage s'assombrit. Le malaise que j'avais éprouvé peu de temps avant revint avec force : je ne me sentais décidément pas en sécurité avec cet oncle tempétueux, si aimable à certains moments, si brusque à d'autres. Peut-être, pensai-je, a-t-il toujours été d'humeur changeante, depuis tout petit, et sa dure vie de marin a dû accentuer encore cette tendance et faire de lui un homme impatient et bourru.

S'exaspérant de me voir marcher aussi lentement, le capitaine accéléra ostensiblement le pas.

— Et cette vie ne vous manque pas ? lui demandai-je pour tenter de le retenir.

— Oh non ! Ma vie de marin m'a beaucoup appris, mais elle est derrière moi et c'est tant mieux ! lança-t-il par-dessus son épaule, avec une extrême fermeté, comme pour s'en convaincre lui-même.

Ensuite de quoi sa voix se réduisit à un murmure.

Comme je hâtai le pas pour le rattraper, j'entendis ses derniers mots, qu'il prononçait pour lui seul et non à mon attention :

— Mais moi ? Oh, je me prépare un tout autre avenir.

Je ralentis tout de suite, pour le laisser seul, puisqu'il semblait vraiment se croire seul. Mais lorsqu'il se retourna, il avait toujours cet air sinistre. Que voulait-il dire par « un tout autre avenir » ? S'il tenait tant à ses rêves d'enfant, pourquoi restait-il dans cette maison comme un scarabée mort enfermé dans une bouteille, pour reprendre ses propres mots ?

Pourquoi n'était-il pas en train de courir le monde, pour amasser la fortune dont il rêvait ?

Qu'attendait-il donc ? Qu'est-ce qui le retenait ici ?

28

Une fois encore, je m'efforçai de tirer mon oncle de sa mauvaise humeur. Nous marchions toujours, et moi je bavardais à n'en plus finir, lui posant mille questions sur les mers où il avait navigué, les dangers qu'il avait affrontés. Et, ma foi, il semblait prendre plaisir, tandis que nous rentrions à la maison, à me parler des îles tropicales qu'il avait visitées, des mystérieuses cargaisons qu'il avait transportées et de tous les gens bizarres qu'il avait rencontrés.

Je ne pouvais cacher mon exaltation.

– Quelle aventure ! Et vous étiez tout jeune quand vous êtes parti ?

– Je devais être à peine plus âgé que toi lorsque j'ai entrepris ma première traversée.

– Et vous avez croisé des indigènes, comme ceux qu'on voit dans les livres ? Des hommes avec des os dans le nez ? Des tribus avec des arcs et des flèches ?

— Tout cela, et bien pire. On ne sait pas ce que c'est que de courir tant qu'on n'a pas tenté d'échapper à une flèche empoisonnée. (Il me sourit.) Oui, j'ai esquivé des sagaies, je suis tombé dans des pièges et je me suis même retrouvé un jour suspendu dans un arbre, la tête en bas, à tourner sur moi-même, la cheville entourée d'un nœud coulant confectionné avec des plantes grimpantes.

Je lui dis très franchement :

— Moi, je serais mort de peur.

Il haussa les épaules.

— C'est stupide de se laisser effrayer par les choses de ce monde. Mieux vaut garder ses angoisses pour des terreurs plus étranges.

Et il reprit son récit, me parla de tam-tams et de chants inquiétants, de poulets sacrifiés et d'autels couverts de sang. Il me parla d'hommes portant des masques effrayants et de minuscules statuettes taillées dans des racines ou façonnées dans l'argile, ou encore de prêtres nus qui invoquaient leurs ancêtres et chantaient pour jeter des sorts.

— Quel genre de sorts ?

— De tout. Des sorts pour faire venir l'amour ou le détruire. Des sorts pour rendre des gens malades ou les expédier dans l'au-delà. Des sortilèges de vengeance.

— Pourtant, d'après Mrs Marlow, ce ne sont que des croyances primitives, des sornettes. Elle dit que ces sortilèges n'ont aucun pouvoir.

— Eh bien, elle se trompe ! coupa-t-il sèchement.

Il se reprit instantanément.

— Tu sais, ta mère elle-même admettait que nous ne pouvions pas comprendre tout ce qui nous entoure. Je me souviens avoir entendu Liliana dire certaines choses que ta Mrs Marlow aurait trouvées bien étranges.

Peut-être comprit-il enfin qu'à chaque fois qu'il mentionnait ma mère je me murais dans le silence. Et c'était partiellement vrai. Un souvenir me revenait : ma mère entrait dans ma chambre avec un de ces livres de la bibliothèque du rez-de-chaussée qui sentaient le moisi. Il s'intitulait *Contes des îles Caraïbes*. J'avais passé des heures plongé dedans, fasciné par ses gravures représentant des arbres tortueux dans des mangroves et des forêts luxuriantes tapissant des vallées entourées de montagnes. J'avais lu les descriptions de ces vents humides, les alizés, et des ouragans les plus fous, des paresseux et des crocodiles. J'avais été captivé par les récits pittoresques de cérémonies de sorcellerie, d'envoûtement et de magie. Ce livre avait été mon livre de chevet pendant des semaines. Mais comme tous les autres, il avait fini par retourner dans la bibliothèque, et j'étais passé à autre chose. Dans ma mémoire, les dernières images que j'avais vues et les dernières phrases que j'avais lues s'estompaient peu à peu.

Mais bientôt j'effaçai l'écran noir de mes souvenirs pour lui poser d'autres questions. C'était plus fort que moi. J'avais vécu une enfance tellement insipide que je voulais le presser encore de me raconter les batailles qu'il avait vécues, les navires sur lesquels il avait navigué.

Et la matinée passa ainsi.

À midi, j'avais l'impression que mes pauvres jambes allaient se casser comme du verre. Alors il me ramena à la maison et m'annonça qu'il déjeunerait seul.

— Martha va m'apporter un plateau dans mon bureau. Je te retrouverai lorsque l'on sonnera le dîner.

Il soupira.

— Jusque-là, je vais m'atteler à mes comptes, comme d'habitude. Et toi, je suis sûr que tu dois avoir une lettre à écrire à ceux dont la gentillesse nous a miraculeusement rapprochés.

Une lettre à écrire ? Au fond de moi, j'étais toujours convaincu que je retournerais bientôt dans ma chère famille Marlow, et que ma lettre, si j'en écrivais une, arriverait bien après moi. Seulement mon oncle avait tout fait pour m'être agréable et me faire découvrir ma nouvelle demeure. La moindre des courtoisies était donc d'acquiescer et de demander du papier à lettres et un stylo.

Le capitaine monta les escaliers quatre à quatre. Je le suivis beaucoup plus lentement et entendis une fois encore le petit bruit métallique avant qu'il n'ouvre sa porte. Il n'avait donc pas remarqué qu'à cause de sa légère surdité les réponses murmurées et les pas feutrés lui échappaient ? Et il n'entendait pas non plus ce petit bruit qui révélait où il cachait la clef de ses appartements ?

Je restai poliment en retrait, faisant mine d'admirer une tapisserie, pendant qu'il entrait et refermait la porte vivement derrière lui. Lorsqu'il ressortit, il me tendit un petit encrier, un gros stylo à plume et un bon paquet de feuilles de papier.

— Voilà, déclara-t-il. Maintenant tu peux écrire tes mémoires, comme ta mère !

— Ma mère ?

— Tu ne le sais donc pas ? Quand elle n'était pas en train de flâner dehors ou de jouer à l'écureuil, on retrouvait toujours Liliana accroupie dans un coin à griffonner ses petits secrets.

Il sourit et verrouilla sa porte.

Et moi aussi, je dus sourire, jusqu'à ce que je parvienne devant la porte du grenier. Malgré mon épuisement, je m'obligeai à gravir l'escalier puis à marcher jusqu'à ma chambre. Une fois à l'intérieur, je m'effondrai contre la porte et me mis à sangloter.

Sangloter, le mot est bien faible ! C'est un torrent de larmes qui jaillit de mes yeux. Une explosion de rage ! C'était *ma* mère, ma mère à *moi* ! Et tout ce que l'on me racontait sur sa vie et son caractère, je l'ignorais. Alors que j'étais son fils ! Je pleurai, pleurai toutes mes larmes de rage, ne m'interrompant qu'au moment où j'entendis un bruit de pas pesants, dans l'escalier, puis une vieille voix cassée, de l'autre côté de la porte.

– Daniel ?

Martha. Elle frappa une fois, deux fois, mais je ne dis rien. Je m'appuyai encore plus fort contre la porte pour l'empêcher d'entrer. J'entendis le petit bruit que fit le plateau d'étain quand elle le posa par terre, mais je ne réagis pas. Je ne sais combien de temps je restai là, mais je ne me relevai que lorsque je n'eus plus une seule larme à verser.

C'est alors que je découvris un nouvel outrage. On avait fouillé mon sac! Était-ce mon oncle, quand j'étais sorti seul de la maison le matin même? Ou Martha, qui me dévisageait comme si j'étais un fantôme et m'épiait sans cesse? Ou encore ce jardinier trapu, qui avait semblé nous suivre, dans notre promenade à travers bois? Lequel des trois avait soulevé si précautionneusement ces piles de vêtements pour les remettre exactement telles qu'elles étaient, avec les manches soigneusement pliées?

En tout cas, je tenais la preuve que ma chambre avait été visitée, mais le fouineur ou la fouineuse ne saurait jamais comment je l'avais deviné. Jamais il n'imaginerait qu'un garçon aux yeux bouffis par les larmes remarquerait que les boules de papier journal bourrées dans ses souliers annonçaient *Un carrosse en ruine* au lieu de *Inauguration du Grand Théâtre!* et *Déception des électeurs*, là où l'on pouvait lire auparavant *Un ministre du nouveau gouvernement souffrant.* Ce détail m'avait suffi pour comprendre que l'un des habitants de cette maison avait été jusqu'à fureter au fond de mes souliers neufs.

Une fois de plus la colère voulut prendre le dessus. Je ne resterais pas une nuit de plus dans cette maison! À quoi bon? Mon sac était déjà fait – et même refait ! Avec les quelques shillings que j'avais en poche, je pouvais aller jusqu'à Londres. J'avais la carte de visite de l'ami du docteur. Il me prêterait de l'argent pour le voyage de retour. Et sinon, eh bien je mendierais pour manger et ferais le chemin à pied. Pourquoi ne pas abandonner tous ces mystères et reprendre ma vie d'avant ?

Mais l'instant d'après, je me dis : quelle vie est-ce là ? Jusqu'au jour où le docteur Marlow m'avait pris chez lui, ma vie était une page blanche, comme si je n'avais jamais vécu. Qu'avait dit le capitaine en me tendant du papier et un stylo ? « Maintenant, tu n'as qu'à écrire tes mémoires ! »

La bonne blague ! Puisqu'on m'avait élevé de telle sorte que je n'allais jamais nulle part, ne rencontrais jamais personne et passais tout mon temps au lit. Ici, j'avais une chance, une chance unique, de découvrir pourquoi ma mère m'avait tenu coupé du monde au point que personne ne connaissait mon existence, presque jusqu'à sa mort.

Étais-je trop peureux pour saisir cette chance de donner corps à ma vie passée ?

Non, j'allais le faire courageusement. Et ensuite je partirais rejoindre la famille que j'avais appris à aimer.

29

Je pris mon stylo et tirai la petite table bancale jusque sous la lumière de la fenêtre. J'y posai le plateau, mangeai ma miche de pain frais, bus mon lait chaud et moussant, afin qu'on me prenne pour un garçon bien sage qui ne remarquait rien et obéissait docilement à son oncle.

Et comme je le savais capable de me demander – fût-ce sur le ton de la plaisanterie – de lui montrer la lettre, je choisis soigneusement mes mots. Je fis le récit de mon voyage et de mon arrivée dans les Downs. J'essayai de décrire High Gates sans mentionner les araignées et la poussière. Je parlai des cheveux grisonnants du capitaine entourant son visage jeune, mais sans dire qu'il me surprenait avec ses questions abruptes sur ma mère. Je racontai le terrier des blaireaux et le chêne foudroyé, puis je cherchai l'inspiration en suçant le bout de mon porte-plume. De peur que Mrs Marlow ne s'inquiète en imaginant que personne dans cette maison ne s'occupait de moi comme elle l'avait fait, je parlais de Martha et expliquai que je l'avais aidée à étendre les torchons de cuisine et que je me promettais de fixer les cordes à linge plus solidement au mur.

Enfin, j'écrivis la seule chose que j'avais vraiment envie de leur dire : combien me manquaient les moments heureux passés en leur compagnie. Ayant conclu en les assurant de toute mon affection, je posai ma plume et me mis à penser avec émotion à cette famille qui m'aimait vraiment, qui m'avait ouvert au monde et appris à rire, qui m'avait traité avec simplicité et sincérité, sans cachotteries ni silences pesants.

Je pliai la lettre, écrivis l'adresse avec soin et la glissai dans ma poche. J'entrepris ensuite de vider mon sac de voyage ; tant pis si cela devait faciliter la vie de ceux qui m'espionnaient.

Maintenant je n'avais plus qu'à me tourner les pouces. Mais d'un seul coup un irrépressible besoin de bouger me conduisit en bas, dans la bibliothèque. À mon grand désappointement, je ne trouvai sur les rayons que d'assommantes biographies d'hommes prétentieux. L'ennui et l'affreuse odeur de renfermé régnant dans cette pièce me poussèrent à ouvrir la porte-fenêtre et à sortir sur la terrasse. Je n'y trouvai rien d'autre à faire que donner des coups de pied dans les mauvaises herbes poussant entre les dalles de pierre et examiner des jardinières vides et toutes fêlées.

C'est alors que j'aperçus le jardinier, toujours lui, qui m'observait.

Cette fois, ce fut l'exaspération qui me motiva. Sortant la lettre de ma poche, je traversai nonchalamment la pelouse en direction d'un banc en bois, faisant mine de me concentrer sur le papier que je tenais à la main, pour que le jardinier pense qu'il n'avait pas besoin d'aller se dissimuler dans l'ombre. Mais arrivé à sa hauteur, je me tournai brusquement et lui lançai :

– Votre curiosité n'est donc pas encore satisfaite ? Suis-je si bizarre à vos yeux ? Ai-je deux têtes, ou quatre bras pour que vous me lorgniez constamment de cet air hébété ?

À ma grande surprise, il me sourit.

Ce qui m'énerva encore plus.

– Et maintenant je vous amuse ?

– Non, non ! s'écria-t-il, en essayant de prendre

un air plus réservé. C'est un souvenir qui me faisait sourire.

— Un souvenir ?

J'abandonnai mon ton bougon. Après tout, j'étais bien là pour mener mon enquête, non ?

— Un souvenir de ma mère ?

Il acquiesça.

— Non seulement tu ressembles physiquement à ta mère, mais en plus, comme elle, tu as vraiment du caractère.

J'étais stupéfait.

— Ma mère avait du caractère ?

— C'est peu dire ! répondit le jardinier en riant. Certaines fois, elle était même colérique.

Interprétant mal mon étonnement, il s'empressa de me rassurer.

— Mais je crois que tu tiens d'elle également bien d'autres choses.

Il reprit son air amusé.

— Comme toi, elle aurait refusé de dénoncer un domestique, uniquement pour lui épargner une réprimande.

— Parce qu'il n'est pas venu m'attendre à la gare, par exemple ?

— T'attendre à la gare ? Comment cela ?

Il paraissait inquiet, tout à coup.

— C'est ce que mon oncle avait assuré à mon tuteur. Que quelqu'un m'attendrait à la gare.

Le visage de l'homme s'assombrit.

— Si le capitaine s'était donné un peu plus de mal pour t'accueillir comme il faut, il aurait pensé à prévenir ceux qui devaient s'acquitter de cette tâche.

Il haussa les épaules, comme pour chasser son irritation.

— Non, je parle de ce matin, quand j'étais dans les bois.

Je ne pouvais pas lui avouer qu'en réalité je cherchais seulement à cacher mes larmes, aussi expliquai-je :

— J'avais la tête ailleurs. Le capitaine Severn était en train de me montrer les endroits préférés de ma mère, quand elle était petite.

Il rit.

— Ce n'est pas difficile : il n'y en a pas un seul à des lieues à la ronde qu'elle n'aimait pas !

J'éprouvai de nouveau ce sentiment étrange et dérangeant que le monde dans lequel je vivais avant n'avait été qu'une hallucination, un rêve. À Hawthorn Cottage, ma mère était une femme réservée qui vivait recluse. Mais ici, c'était une Liliana enflammée et intrépide qui grimpait aux arbres et partait se promener loin sur les chemins bordés de ronciers.

Comment deux femmes aussi différentes avaient-elles pu n'être qu'une seule et même personne ? Je restai là, troublé, à observer le jardinier qui levait les yeux vers les fenêtres de la maison, craignant sans doute que notre conversation n'ait trop duré.

Puis il prit la lettre que j'avais à la main.

— Vous feriez mieux de me la donner, plutôt que d'ennuyer le capitaine avec cela. Je veillerai à ce qu'elle soit postée.

Était-ce un avertissement ? Une discrète allusion au fait qu'il valait mieux que le capitaine Severn ne lise pas les confidences contenues dans ma lettre ? Alors, était-ce mon oncle qui avait si consciencieusement fouillé mon sac ?

Pourtant... que le jardinier me propose de s'en occuper ! Et sans doute même de payer son affranchissement, malgré ses modestes ressources. Ce n'était vraiment pas dans l'ordre des choses. J'hésitais. À qui pouvais-je donc me fier, dans cette drôle de maison ?

Comme il me fallait encore un délai de réflexion, j'essayai de changer de sujet.

— C'est la deuxième fois que nous nous rencontrons. Comment vous appelez-vous ?

— Thomas.

Ainsi, Thomas, c'était lui. Et il avait très bien connu ma mère. Je le regardai fixement. Car mon nom complet était Daniel Thomas Cunningham. Or une mère ne donne-t-elle pas à son fils le prénom de personnes chères de son entourage ?

Ma décision était prise. Je lui remis la lettre. Puis, comme cet homme paraissait d'un naturel généreux, je m'écriai :

— Thomas, je vous en prie ! Parlez-moi de ma mère !

Ma requête n'avait rien d'extravagant. N'étais-je pas un peu orphelin, désormais ? Qui aurait pu me reprocher ce désir légitime de mieux connaître ma famille ?

Il répondit avec prudence :

— Je suis sûr que la mère qui t'a élevé était la même personne que celle qui a quitté cette maison.

Nous étions tous deux gênés, à présent. Je ne pouvais tout de même pas m'exclamer : « Non ! La Liliana qui m'a élevé était secrète et avare de paroles. Et elle avait peur de tout. Et elle était folle à lier, déchirait ses vêtements, jetait de la nourriture sur les murs. Tellement démente qu'elle s'est pendue à un barreau de fenêtre rouillé ! »

Je ne pouvais pas le dire, non, pas encore. Toutefois, quelque chose dans l'expression de son visage et dans sa douceur me poussa à me confier à lui sans retenue.

— Je croyais bien la connaître. (Je sentis les larmes me monter aux yeux.) Mais depuis sa mort, elle est devenue une étrangère, même pour moi. Elle ne m'a jamais rien raconté de son enfance. Rien ! Et j'ai eu beau regarder partout, je n'ai pas trouvé, dans cette maison, le moindre portrait d'elle, petite fille.

— Oh, tu perdrais ton temps ! lâcha-t-il d'un ton amer. Il n'y a plus aucun portrait. Aucun portrait d'elle ni de ses frères.

Ses frères ?

Elle en avait donc plusieurs ? Combien de secrets ma mère avait-elle gardé pour elle ?

Il nota ma stupeur.

— Tu ne savais pas ? Elle ne t'a même pas parlé de ses frères ?

Je le vis hésiter avant d'ajouter plus bas — peut-être par crainte d'avoir fait naître en moi de faux espoirs :

— Ni de leur mort tragique ?

— Elle ne m'a rien dit ! m'écriai-je encore.

Et cette fois les larmes jaillirent vraiment.

— Elle m'a laissé seul au monde et...
Il avait posé la main sur mon épaule.
— Tu n'es pas seul ! me gronda-t-il.
Je fis la grimace.
— Oh si ! Je vous demande pardon ! J'ai un oncle qui oublie d'envoyer quelqu'un me chercher à la gare, puis me nargue en me donnant des détails sur la vie de ma défunte mère.
— Non, non, me consola-t-il. Tu as aussi des amis.
Je l'attrapai par la manche.
— Alors dites-m'en davantage sur ma famille. Comment les frères de ma mère sont-ils morts ? Pourquoi s'est-elle sauvée ? Et si mon oncle pense qu'elle a fui tous ceux qui l'aimaient et lui faisaient confiance, pourquoi m'a-t-il fait venir ?

Thomas jeta un nouveau coup d'œil vers la maison. Je me retournai pour voir ce qu'il regardait, mais maintenant, avec les reflets du soleil dans les fenêtres, il était impossible de dire qui était là en train de nous observer.

Thomas avait dû voir quelque chose, pourtant, car il me dit, d'un air entendu :
— Pas maintenant.
— Thomas...
Mais déjà il filait vers le bois.

Je restai planté là un moment, éperdu, puis j'essayai de le suivre, mais il marchait trop vite pour moi. Bientôt je n'entendis même plus les chuintements de ses pas et n'aperçus plus la moindre ombre qui aurait pu m'indiquer dans quelle direction il était parti.

Alors, la mort dans l'âme, je repris lentement le chemin de la maison.

30

Le crépuscule assombrissait déjà le ciel lorsque Martha sonna l'heure du dîner. Je rejoignis mon oncle dans la salle à manger. Il avait le même air grave qu'au petit déjeuner, le front plissé comme sous l'effet d'une intense concentration.

Et toujours une foule de questions à me poser.

— Ainsi ta mère ne t'a jamais parlé de son passé ?
— Non, mon oncle.

Il attendit que Martha lui eût servi des pommes de terre.

— Et quand tu la questionnais ?
— Quand je la questionnais ?

Il s'impatienta.

— Oui, Daniel. Quand tu lui posais une question simple telle que : « Où es-tu née ? » ou : « As-tu eu une enfance heureuse ? » Ou encore, poursuivit-il en désignant cavalièrement Martha d'un signe du menton : « Qui a eu la patience de passer des heures à t'apprendre à faire d'aussi jolis ouvrages en dentelle ? »

Derrière lui, Martha se raidit, pour se protéger peut-être de la cruauté ordinaire de cette allusion aux jours heureux. Puis elle fit le tour de la table et prit tout son temps pour remplir mon assiette, me laissant celui de trouver une réponse à peu près sincère.

Je fis un signe d'ignorance.

— Tout ce que je sais, c'est que nous avions très peu d'argent ; nous vivions avec de petits moyens. Si j'avais eu des amis, j'aurais peut-être réfléchi davantage à ma propre enfance et même demandé à ma mère de me raconter la sienne. (Je haussai les épaules.) Mais vu les circonstances...

— Tu veux me faire croire, répliqua-t-il, dubitatif, que tu n'as jamais posé aucune question à ta mère ?

J'essayai de me défendre.

— Vous dites qu'elle était pleine de vitalité. Pourtant, avec moi, ma mère était toujours effacée et silencieuse. Et j'acceptais cet état de fait, je m'en contentais.

Je réfléchis encore avant d'ajouter, sur un ton très sincère :

– Je crois qu'au fond je n'étais pas très curieux.

Il me dévisagea, les sourcils froncés.

– Pas très curieux ? On pourrait même aller jusqu'à dire *idiot*, non ?

Il était décidément de très mauvaise humeur. Il enfourna plusieurs fourchetées de purée puis me lança une nouvelle rafale de questions, comme si son seul objectif était de me mettre au supplice.

– Ainsi tu es là, nourri et logé, et tu n'as rien à me dire à propos de ta mère et de ton éducation. Si ça se trouve, tu n'es qu'un imposteur, un intrus qui s'est installé chez moi !

S'il essayait de m'intimider, ce n'était pas la bonne tactique. Je me souvenais parfaitement avoir supplié qu'on me laisse où j'étais et celui qui avait insisté pour que je vienne, c'était bien l'individu ici présent qui me fusillait du regard. Un intrus, vraiment ! À cet instant, j'aurais vendu mon âme pour qu'il m'ordonne de retourner chez le docteur Marlow ; pourtant, rassemblant tout mon courage, je lui dis sèchement :

– C'est possible, en effet.

Un assez long silence s'installa entre nous. Puis, comme s'il n'avait pas encore déversé tout son fiel, il me demanda :

— Et quel était chez vous l'objet le plus précieux, aux yeux de ta mère ?

Je le dévisageai. Je tenais là un bel indice pour savoir qui était capable de fouiller la valise d'un invité ! Et Martha, qui apportait une cruche d'eau, sembla se figer sur place en entendant cela, comme si sa simple présence derrière le capitaine eût risqué d'envenimer les choses.

À bout de patience, il frappa un grand coup sur la table. Des gouttes de cire brûlante tombèrent sur ses doigts, mais il les ignora. Dans la lumière vacillante des bougies, ses yeux n'étaient plus que deux fentes.

— Tu as entendu ma question, oui ou non ? Avant sa mort, quel était l'objet auquel elle attachait le plus de valeur ?

Je ne voyais aucune raison de l'aider dans sa quête insatiable. Je répondis d'un ton glacial.

— Nous avions alors si peu de chose que je ne voudrais pas vous ennuyer en vous les énumérant.

Mon oncle se pencha en travers de la table et me demanda d'un air féroce :

— N'y avait-il pas une maison de poupée ?

Je vis l'inquiétude poindre sur le visage de Martha. Elle se retira dans l'ombre du vestibule en me suppliant du regard de ne pas la trahir. Mon sang se glaça. Voulait-il assouvir une vieille vengeance qui remontait à leur enfance ? Était-ce la raison pour laquelle on m'avait fait venir dans cette maison ? Je glissai la main dans ma poche pour caresser le petit étui d'ivoire qui contenait les crochets à dentelle de ma mère, espérant que le souvenir de ses malheurs et de sa mort tragique me donnerait le cran de répondre à côté de la question.

— Tout ce qu'elle possédait a été vendu, après sa mort, pour payer ses dettes.

Notre pauvreté ne l'émouvait même pas.

— Oui, oui ! Mais n'as-tu jamais vu un modèle réduit de cette maison, avec des poupées à l'intérieur ?

Décidé à ne pas m'avouer vaincu, je fis l'idiot.

— Des poupées ?

Cela le mit hors de lui.

— Des poupées, oui ! Des poupées que ta mère a volées en partant d'ici.

Que de haine, dans son regard ! Et cet interrogatoire serré ! Était-il déjà comme cela, enfant ? Était-ce à cause de lui que ma mère était partie ? Je serrai dans mon poing le petit étui d'ivoire : pas question que je laisse son frère la dénigrer ainsi, même dans la mort. Rassemblant tout mon courage, je relevai la tête et dis d'un ton glacial :

— Je suis persuadé que ma mère n'a emporté que des objets qu'elle savait lui appartenir.

Il me scrutait toujours de ses yeux de chat.

— Alors tu n'as jamais vu de maison de poupée, ni même de poupées ?

Je savais qu'il ne me croyait pas, mais je soutins son regard.

— Je n'avais pas de sœur, mon oncle.

Il amorça un sourire amer.

— Non. Ni sœurs, ni frères !

Et je jurerais l'avoir entendu susurrer, lorsque Martha osa enfin revenir avec un plateau chargé où se trouvait toujours le pichet d'eau.

— Cette chère Liliana n'a pas été très féconde, mais au fond tant mieux pour moi, le travail n'en sera que plus facile.

31

On apprend vite à devenir rusé. Au lieu d'aller me coucher quand on m'en donna l'ordre, je restai dans le vestibule et me dissimulai derrière un vieux paravent. De son pas traînant, Martha continuait ses allées et venues entre la salle à manger et l'office, avec son plateau chargé d'assiettes et de cruches. Une fois certain qu'elle avait fini, je la suivis dans le couloir humide et sombre qui menait aux cuisines, bien décidé à trouver une astuce pour qu'elle me révèle quelques secrets sur ma mère.

Dans l'arrière-cuisine, elle s'était déjà attelée à la vaisselle. Décrochant un torchon sec, je me mis à l'ouvrage auprès d'elle, tout en me demandant si je devais lui avouer que j'avais menti à mon oncle ou si, n'étant pas sûr qu'elle fût digne de confiance, il valait mieux éviter de lui dire que la maison de poupée était maintenant en ma possession.

Je décidai finalement de limiter les risques et, après les compliments d'usage sur le repas qu'elle nous avait préparé, je lui demandai simplement :

— Pourquoi mon oncle tient-il tellement à retrouver un jouet de son enfance ?

Sans lever la tête, elle fit l'innocente, comme moi un instant plus tôt.

— Quel jouet ?

— La maison de poupée, insistai-je. Vous l'avez bien entendu dire qu'elle avait disparu quand ma mère est partie.

— Encore heureux! bougonna-t-elle. Elle lui appartenait, quand même !

Sortant une assiette de l'évier, elle se tourna vers moi et dit plus clairement :

— Si tu avais vu cette merveille ! Tu n'en aurais pas cru tes yeux, tellement elle ressemblait à cette maison, jusqu'à la moindre branche de lierre.

Son visage se radoucit à l'évocation de ce souvenir.

— À l'intérieur, les pièces étaient parfaites, même le papier peint, aux murs. Et chaque meuble était l'exacte réplique de l'original.

— Qui l'avait fait faire ?

Elle secoua la tête.

— Personne n'a fait faire la maison de poupée. C'est un ouvrage confectionné avec amour.

C'était exactement les termes employés par le docteur Marlow, la première fois qu'il l'avait vue. Et je les répétai.

— Confectionné avec amour ?

Ses lèvres flétries esquissèrent un sourire, comme si un souvenir très ancien venait de lui réchauffer le cœur.

— Ah, pour en savoir davantage, tu ferais mieux de demander au jardinier.

— Thomas ? Pourquoi ? C'est lui qui l'a faite ?

Mon étonnement l'amusa.

— C'est lui, oui. Ça lui a pris un temps ! Et il ne l'a fabriquée que pour faire plaisir à ta mère.

Je n'en revenais pas.

— Ils étaient donc si proches ?

Elle confirma d'un signe de tête.

— Oui. À l'époque, le père de Thomas était jardinier en chef, et Thomas passait beaucoup de temps à jouer avec les enfants.

— *Les* enfants, répétai-je pour moi-même.

Les frères de ma mère, dont elle ne m'avait jamais parlé. Je trouvais cela tellement étrange ! Mais Martha continuait son historique de la maison de poupée.

— À ce moment-là, Thomas était déjà grand et il avait beaucoup à faire autour de la maison et dans le parc. Mais tout le monde le savait doué pour travailler le bois et, jour après jour, Liliana le tannait, le suppliait : « S'il te plaît, Thomas, fabrique-moi une maison de poupée ! »

Une fois encore monta en moi ce sentiment exaspérant que la petite fille qu'ils avaient connue n'était pas la femme qui m'avait élevé. Je me tenais là, totalement déconcerté. Comment une enfant apparemment aussi gaie et spontanée avait-elle pu devenir, entre-temps, la personne dure et inflexible qui, en m'enfermant dans une cage, s'était elle-même emprisonnée ?

Je tâchai de reprendre mes esprits et pressai Martha de poursuivre son récit.

— Et alors, Thomas a accepté ?

— Non, pas tout de suite.

Elle posa sur la paillasse d'autres assiettes à essuyer.

— Il a prétexté qu'il n'avait pas le temps d'entreprendre une telle besogne. Mais elle l'a tarabusté jusqu'à ce qu'il cède.

Martha secoua la tête à l'évocation de ce souvenir.

— À partir de ce jour, je voyais constamment Liliana s'échiner au jardin avec une binette ou poser maladroitement des filets sur les framboisiers. Je lui demandais : « Qu'est-ce que tu fais ici, petite coquine ? ». Elle répondait qu'elle faisait le travail de Thomas pour qu'il puisse continuer à sculpter une petite table pour le salon de la maison de poupée ou une branche de lierre pour sa façade.

Je pris une autre assiette.

— Thomas voulait donc qu'elle soit la copie conforme de cette maison ?

— Oh non, je suis sûre que Thomas aurait préféré faire quelque chose de beaucoup plus simple. Mais Liliana était une petite bonne femme sacrément têtue. « Je veux qu'elle soit parfaitement identique, jusqu'à la moindre trappe et la plus minuscule lucarne. » Et quand je la taquinais en lui demandant pourquoi elle avait chargé ce pauvre Thomas d'une tâche aussi longue et ardue que dans un conte de fées, elle hochait la tête et répondait : « Un jour tu comprendras : si cette maison de poupée est vraiment parfaite, elle permettra à quelqu'un de sauver sa peau. »

— Sauver sa peau ? Mais comment le savait-elle ? Personne ne peut prédire l'avenir.

Martha posa la dernière casserole sur l'égouttoir.

— Ta mère avait un don pour pressentir les malheurs. Je crois que souvent elle entrevoyait les secrets de son avenir et savait ce qui l'attendait. Un jour elle m'a dit : « Martha, je sais qu'on m'aimera. Mais je ne serai pas heureuse. Les soucis et le chagrin me poursuivront toute ma vie. »

Elle s'interrompit brusquement. Dans le couloir de l'office, on entendait un pas familier, accompagné d'un cliquetis de clefs.

— Vite ! souffla Martha. Le capitaine fait sa ronde. Il ne serait pas très content de te voir traîner ici.

Elle m'arracha le torchon et me poussa précipitamment vers la porte de l'escalier de service.

— Va vite te coucher, et sans bruit !

Facile à dire. Ceux qui montaient et descendaient cet escalier depuis des années le faisaient sans aucun problème, même dans le noir, sachant qu'il y avait un tournant à tel endroit ou que telle marche craquait. Mais pour un garçon qui ne connaissait cet escalier raide et dépourvu de lumière que par ses jeux dans la maison de poupée, c'était une autre paire de manches. J'étais presque arrivé en haut lorsqu'une marche grinça affreusement ; je me dis qu'il valait mieux que je cesse de bouger jusqu'à ce que mon oncle eût quitté la cuisine.

J'entendais sa voix, en bas. Mon cœur battait à tout rompre. Était-il en train de me chercher parce qu'il s'était rendu compte que je n'étais pas dans ma chambre ? Ou bien venait-il tout simplement discuter avec Martha du menu de la semaine ? Je m'accroupis pour attendre et m'agrippai au nez de la marche, tant j'étais fébrile et tendu.

C'est alors que je sentis sous mes doigts un petit anneau de métal rouillé. Était-ce un crochet ?

Y avait-il une cachette sous cette marche ?

Sachant que je ne verrai rien dans le noir, je décidai de ne pas bouger d'un pouce avant d'entendre les intonations joyeuses de mon oncle.

— Eh bien, va pour les tartelettes aux fruits ! Et n'oublie pas, Martha, beaucoup de crème, maintenant que j'ai chez moi un garçon en pleine croissance !

Une porte claqua. Puis une autre. J'attendis de voir si Martha allait venir vérifier que j'étais bien arrivé. Mais elle dut se dire que j'avais eu le bon sens de monter le plus vite possible, plutôt que de rester planté là, de peur d'être trahi par le craquement d'une marche.

Je me penchai à présent pour soulever le crochet caché sous le nez de la marche. Je poussai doucement, et une partie de la contremarche bascula, comme si elle était montée sur une charnière. Redescendant de deux marches, je m'agenouillai pour passer la main dans la petite cavité que je venais de trouver.

Je dus toucher des araignées, c'est sûr et certain ! Je crois même que je les sentis courir sur ma main tandis que je fouillais à tâtons dans cette cachette où la poussière s'accumulait depuis des décennies. Et, tout à coup, je sentis quelque chose. Un objet en cuir. Un portefeuille ? Depuis combien de temps était-il caché ici ? Si ça trouve, me dis-je, personne dans cette maison ne connaît son existence. À part moi.

Je le sortis et, comme je ne voyais pas de quoi il s'agissait, je le mis dans un endroit encore plus noir, sous mon gilet, puis je gravis les marches, franchis la porte qui donnait sur le palier, passai devant la chambre de mon oncle pour gagner enfin la porte de l'escalier du grenier.

Elle était verrouillée.

32

Horreur ! Mon oncle avait-il décidé de m'enfermer, dorénavant, la nuit ? Bien sûr, je pouvais franchir cette porte, mais comment ferais-je pour tirer le verrou derrière moi ? Devais-je trouver un endroit où me cacher, jusqu'à ce qu'il déverrouille la porte, à l'aube, pensant me libérer ? Ou valait-il mieux que je monte me coucher, au risque de devoir affronter sa colère, le lendemain matin : « Quoi ? Tu es encore allé rôder dans le parc ? »

Cette seule pensée me ramena à la raison. Laissons-le croire qu'il m'a enfermé toute la nuit ! Je redescendis sans bruit les escaliers, traversai la salle à manger où, quelques heures auparavant, il avait pris un malin plaisir à me questionner, et me glissai dans la petite pièce voisine, inondée par le clair de lune.

Installé dans le plus grand fauteuil, je sortis de sous mon gilet le petit objet en cuir que j'avais trouvé. J'allais enfin découvrir des secrets ! Je soufflai dessus pour le débarrasser de sa poussière, enlevai du bout des doigts les toiles d'araignées et m'essuyai soigneusement les mains sur mon gilet avant d'ouvrir le portefeuille.

Il s'agissait en fait d'un carnet. Malgré le peu de lumière, je vis que quelqu'un avait décoré la première page à la main, avec des arabesques. Et sur celle d'après,
je lus le titre, rédigé à la plume d'une écriture familière, mais dans sa forme enfantine :

Journal intime de Liliana

C'était donc à cela que pensait mon oncle, lorsqu'il disait que ma mère passait son temps à griffonner ses petits secrets ? Je me levai pour placer le carnet exactement sous les rayons de lune. Puis je m'assis sur le parquet crasseux et feuilletai ces pages où ma mère racontait ses peines d'enfant : l'écureuil qui avait une patte cassée, les réprimandes de sa gouvernante lorsqu'elle ne cousait pas avec assez d'application. Elle y consignait aussi ses rêves, et même le plan qu'elle avait imaginé pour amener Thomas à comprendre que le plus beau cadeau qu'il pouvait lui faire à son prochain anniversaire serait un enclos plus grand pour son lapin.

À la page suivante, elle s'inquiétait d'un tout autre sujet :

Pourquoi Jack est-il si méchant ? J'ai l'impression qu'il vit sur une balançoire à bascule. Je l'observe quelquefois en train d'hésiter : il est sur le point d'opter pour la gentillesse, et tout à coup il choisit la malveillance, juste parce que c'est dans son intérêt – ou peut-être parce que cela l'amuse davantage. Mais mère dit que les habitudes, qui sont d'abord aussi fines que des toiles d'araignées, deviennent vite des sangles qui vous enserrent. Et à l'église, le prêtre nous a dit et répété l'autre jour qu'il fallait veiller à éviter le chemin du mal, car il peut nous mener vers l'enfer. Je crois qu'en prononçant ces mots, il regardait Jack avec insistance. Alors, j'espère de tout mon cœur que Jack va cesser d'être méchant. Pas plus tard qu'aujourd'hui, nous l'avons surpris, sur les marches, en train d'embêter notre pauvre petit Jolyon, et Edmond a dû le gronder parce qu'il avait attendu que le bambin pleure, pour lui rendre son ballon.

Je tournai la page. Mais elle recommençait à raconter ses petits malheurs, qu'elle avait trébuché et s'était écorché les genoux en escaladant la berge de la rivière. Je reposai le journal. Je me souvenais du sermon du prêtre des Marlow, le jour où j'étais allé à l'église avec Sophie. « Le diable ne peut arriver à ses fins sans votre aide. Il ne triomphe que si vous lui ouvrez la porte. »

Disait-il vrai ? Était-ce parce qu'il avait ouvert la porte à je ne sais quel démon que le jeune Jack Severn était devenu méchant ? Je rangeai soigneusement le carnet tout au fond de ma poche ; mais le seul fait de penser qu'un individu pût mettre autant de méchanceté dans ses yeux me fit passer une nuit épouvantable. Je me tournai et me retournai dans le grand fauteuil poussiéreux, tour à tour secoué par d'affreux cauchemars et réveillé par le moindre craquement ou murmure de la vieille maison. Malgré tout, j'avais bien fait de ne pas retourner dans ma chambre, car si le capitaine avait eu vent de mes expéditions nocturnes, j'aurais eu droit, le lendemain, à ses humeurs capricieuses qui le faisaient passer du rire le plus jovial à la colère la plus noire.

Or le matin, au petit déjeuner, il n'était plus le même.

– Daniel ! me lança-t-il aimablement. Regarde un peu ce temps ! Ce soleil radieux ! Cet air vivifiant ! Aujourd'hui, je vais t'apprendre à devenir un campagnard. Par quoi allons-nous commencer ? La chasse ou la pêche ?

Je n'avais aucune envie d'apprendre à tuer une pauvre bête, mais il était de si joyeuse humeur qu'il m'eût fallu davantage de courage pour le contrarier.

Le simple fait d'imaginer un joli petit oiseau frappé en plein vol dans le soleil levant et tombant à terre, les plumes pleines de sang, me donna tellement la nausée que lorsqu'il me pressa de choisir :

— Allons, mon garçon ! Choisis ton sport !

J'optai pour la pêche.

— Direction la rivière, alors ! Martha va te trouver quelque chose de chaud à te mettre sur le dos, pendant que je vais chercher les cannes à pêche. Rendez-vous au pont.

Il partit de son côté, moi du mien. Martha rangeait des couverts dans un tiroir.

— Bonjour Martha. Je viens vous demander si vous auriez quelque chose de plus chaud que ce gilet : je vais passer la matinée au bord de la rivière.

Elle montra du doigt la porte à laquelle pendaient deux vieilles vestes.

— Tu n'as qu'à prendre une veste à Thomas et, en

échange, descends-lui de quoi le réchauffer. Il est en train de nettoyer le Passage du Diable.

Je frissonnai en me rappelant cet endroit.

– Il fait froid, là-bas.

– Oui, c'est un endroit glacial et sinistre.

Elle me tendit un panier où elle avait mis un bocal de soupe et un gros morceau de pain. Je traversai les grandes pelouses pour descendre vers le Passage du Diable. À peine avais-je franchi l'arche que je sentis le froid me tomber sur les épaules, malgré la veste en laine de Thomas. Je tournai et tournai pour suivre le chemin, m'enfonçant de plus en plus dans l'obscurité, jusqu'à ce qu'enfin le chemin débouche dans la clairière.

Cela sentait l'herbe fraîchement coupée. Thomas était là, au milieu de la clairière circulaire, près d'une des pierres.

Il sourit en me voyant dans sa veste de jardinier bien trop grande pour moi.

– Eh bien, te voilà parti pour une matinée sportive ?

Je pris une mine chagrine en posant le panier par terre.

– J'ai bien peur que mon oncle n'ait décidé de faire de moi un homme comme il faut.

Il rit.

— Une chance pour moi : comme ça tu m'as apporté les petites gâteries de Martha.

Il posa son râteau debout contre la haie pour sortir du panier le bocal de soupe.

Voyant le râteau prêt à basculer, j'avançai pour le rattraper par le manche et, en me retournant, je remarquai un motif gravé dans la pierre la plus proche de moi.

Je m'en approchai. Sous la mousse, il me sembla distinguer des lettres à moitié effacées.

OLYO

Je pensai tout de suite au nom que j'avais lu dans le journal intime de ma mère.

— Il y a écrit Jolyon, c'est ça ?
Thomas acquiesça.
— C'est une *tombe* ?
Je montrai d'un geste les autres pierres.
— Ce sont *toutes* des tombes ? De la même famille ?

Me retournant pour regarder chacune d'elles plus attentivement, je parvins à lire : *Une mère affectueuse... Le meilleur des pères... À notre cher Samuel... En souvenir d'Edmond...*

– Tous morts ?

Je savais qu'il se passait des choses affreuses dans la vie. Mais c'était tout de même là une épouvantable série de malheurs, pour une seule famille. Était-ce l'une des raisons qui avait poussé ma mère à fuir ? Voulait-elle échapper à la malédiction qui semblait frapper ce lieu ?

Thomas confirma là encore d'un hochement de tête.

– Oui. Tous morts.
– Mais comment ?

Il haussa les épaules.

– Oh, quelle importance ? La mort, c'est toujours la même histoire. Jolyon est mort très jeune dans son lit. Samuel a été tué dans les bois. Et Edmond, le frère chéri de Liliana, a disparu en mer.

– Mais c'est épouvantable ! Trois frères sur quatre !

– Quatre ?

L'espace d'un instant, Thomas paru perplexe. Puis son visage s'éclaira.

– Ah oui, si l'on compte son frère par alliance, ça fait bien quatre.

Une nouvelle surprise ! Le capitaine Severn n'était donc pas un frère de sang de ma mère. Et je dois avouer qu'en parcourant la spirale végétale pour ressortir du Passage du Diable, je me sentais soulagé d'un grand poids. S'il n'était pas vraiment son frère, on pouvait moins blâmer ma mère de ne pas m'avoir parlé de lui – et de ne pas lui avoir parlé de moi.

Il n'appartenait donc pas à ma famille. Ce n'était pas vraiment mon oncle ! En un clin d'œil, mon obligation de rester s'était envolée. Mon cœur se souleva de joie à cette seule idée, et mon moral remonta. Je crois même que je chantonnais en prenant le raccourci à travers les bosquets pour rejoindre la rivière où le capitaine m'attendait, tirant par à-coups sur sa canne à pêche.

– Ah, te voilà enfin ! Eh bien, commençons tout de suite la leçon. Prends cette canne, Daniel. Serre-la bien dans tes doigts, comme ceci. Voilà, comme ça.

Il était très exigeant.

Il se passa un temps infini avant que mon lancer, encore maladroit, fût, à ses yeux, « tout juste honorable pour un novice ». Ensuite nous restâmes debout côte à côte, chacun avec sa ligne dans l'eau. Craignant qu'en le laissant ruminer en silence il ne change subitement d'humeur et ne se remette à me bombarder de questions comme la veille, je lui dis :

– S'il vous plaît, racontez-moi encore votre vie

en mer. Vous couriez les aventures ou bien vous faisiez du commerce ?

— Difficile de faire l'un sans l'autre, dans les ports où nous jetions l'ancre.

Et il repartit dans ses récits à n'en plus finir sur sa vie d'avant. Moi, je m'appliquais à le relancer inlassablement avec mes questions.

— Et dans tout cela, mon oncle, vous n'avez jamais songé à vous marier ?

Il éclata de rire.

— Me marier, moi ? Pour me retrouver obligé d'offrir un toit à une femme qui passerait son temps à faire sauter des bébés sur ses genoux ?

Je ne comprenais pas.

— Mais vous avez une maison faite pour accueillir une famille.

— Cette maison ? (Il eut un petit sourire méprisant.) Grands dieux, mon garçon ! J'ai des projets autrement plus ambitieux que celui de moisir dans ce trou perdu. Je serai bientôt parti.

— Parti ?

Il ricana dans sa barbe.

— Oui, et cela ne saurait tarder. Il ne me reste qu'une toute petite chose à trouver.

Il me regarda comme les renards de mes livres

d'enfants lorgnaient les poules dans le poulailler, avant d'ajouter calmement :

— Et une autre à perdre.

La malignité de son regard me mit si mal à l'aise que je faillis lâcher ma canne à pêche. Il se pencha vers moi.

— Si tu fais constamment bouger ta ligne, ça ne risque pas de mordre.

Et c'était reparti pour une nouvelle leçon. Mais j'avoue que j'étais incapable de satisfaire mon professeur, car la peur qui s'était insinuée en moi me rendait idiot et gauche. Ma canne à pêche pesait une tonne et mes bras n'avaient plus de force.

Le capitaine finit par remarquer que je changeais ma canne de main de plus en plus souvent.

— Tu en as assez appris pour aujourd'hui, déclara-t-il. Et ce n'est pas si mal, pour un début. Moi, je vais rester — et je ferai sûrement mieux en une heure ou deux si tu n'es pas là pour agiter l'eau à côté de moi.

Il me prit la canne des mains.

— Pose ça à côté de moi, sur la berge. Et va dire à Martha de m'envoyer Thomas avec une petite collation.

Je regardai les paumes de mes mains toutes rouges. Ce congé était un vrai soulagement.

— J'y vais tout de suite.

Et je fus bien content de m'éloigner de lui pour prendre le chemin du bois.

33

Je portai à Thomas le panier que lui avait préparé Martha. Il n'était plus dans le Passage du Diable mais ramassait du bois mort dans les sous-bois. Il sourit.

— Alors, te voilà devenu le marmiton ?

Remarquant ma grimace quand je me griffai la main après un brin d'osier qui dépassait de l'anse du panier, il prit mes deux mains dans les siennes et les retourna, paumes vers le ciel.

— Ah, je comprends maintenant pourquoi c'est moi qui suis chargé de porter le panier à ton oncle. Tu es déjà fatigué de ces sports virils.

— C'est vrai, avouai-je. Et aussi de ses histoires de tribus guerrières qui dévorent la cervelle de leurs ennemis et tuent des bébés pour leurs sacrifices.

— Et qui sculptent leurs affreuses petites poupées pour les faire ressembler à des humains !

Le mépris avec lequel il avait dit cela éveilla ma

curiosité. Après tout, Mrs Golightly avait bien été sculptée pour ressembler un tant soit peu à ma grand-mère, sinon Sophie n'aurait pas trouvé qu'elle ressemblait trait pour trait à ma mère. Mais j'avais si soigneusement caché le secret de mon héritage que je ne voulais pas en parler maintenant. Je me contentai donc de dire :

— Pourtant, Martha m'a dit que vous aviez fabriqué pour Liliana une maison de poupée.

Il frémit.

— Oui, mais pas pour le genre de poupée dont parle le capitaine, ces objets diaboliques qui possèdent des pouvoirs étranges.

— Quel genre de pouvoirs ?

Il eut un sourire crispé.

— Oh, je ne dis pas qu'elles prennent vie, grandissent et vont étrangler les gens dans leur sommeil. Non, c'est plus subtil que cela. Une espèce de magie. Le capitaine appelle cela le vaudou. Il suffit de jeter un sort à quelqu'un. Et ensuite, la poupée et la personne pour laquelle elle a été fabriquée sont à jamais entremêlées, jusqu'à la mort. Chaque fois que tu tortures la poupée, ton ennemi se tord de douleur. Si au contraire tu veux le bonheur d'un ami, tu fais pleuvoir des bienfaits sur son effigie.

Je revis les gravures représentant les mangroves des Caraïbes de mes livres d'enfant, et tout ce qui m'avait fait faire des cauchemars pendant si longtemps me revint. Si j'avais eu le loisir de cogiter encore un peu, je crois que j'aurais rapidement percé le secret de mon oncle. Mais Thomas en avait assez de ces histoires de sauvages. Et de mes soucis.

— N'aie crainte, le capitaine ne reviendra pas te chercher pour une nouvelle leçon de pêche. Une fois qu'il a lancé sa ligne, il est parti pour des heures.

Mais je n'en étais pas convaincu. Et donc, ma mission accomplie, je retournai dans la cuisine où Martha préparait ses tartes. Quand elle eut versé sa farine dans une jatte, je me glissai sur une chaise et pris quelques pommes dans le tas qui était devant moi.

— Voulez-vous que je vous les épluche?

Elle me tendit un couteau d'office et retourna au bout de la table pour pétrir sa pâte. Devinant qu'elle se sentirait plus libre de parler si elle pensait que je savais déjà tout de l'histoire de ma mère, je formulai mes premières questions avec prudence.

— Vous connaissiez aussi les frères de ma mère, évidemment. Comment étaient-ils?

— Ses frères?

Une ombre passa sur son visage.

— Oh, tu les aurais adorés, j'en suis sûre ! Cette maison était tellement gaie quand ils étaient encore tous en vie.

Je poursuivis en employant des mots assez ambigus — en inventant à moitié.

— Ma mère devait tellement pleurer, quand elle pensait à eux, qu'il aurait fallu une brute pour la forcer à raconter en détail l'histoire de sa famille.

Martha haussa les épaules.

— Le bonheur ne laisse pas de marque, il n'y avait donc pas grand-chose à raconter, jusqu'à la mort du père des enfants : il a fait une chute de cheval, une semaine après la naissance de Jolyon. (Elle soupira.) Toute la maisonnée était anéantie par le chagrin. Et ce n'est que deux ans plus tard que la mère de Liliana, ayant séché ses larmes, put envisager de se rendre à Londres pour signer les derniers papiers. Et c'est là qu'elle a rencontré George Severn, dont la pauvre femme était morte quelques années plus tôt. Ils sont tombés amoureux et se sont mariés. Et comme ce nouveau mari n'avait ni maison ni fortune personnelle, il est venu vivre ici, avec son fils unique.

— Le capitaine.

— Le jeune Jack, à l'époque.

— Et comment était-il ?

Ses doigts s'immobilisèrent dans la jatte. Je la sentis prête à donner franchement sa première impression du jeune garçon qui fut intégré à la famille qu'elle aimait tant.

Elle se força à sourire.

— Oh, un jeune garçon comme les autres, joyeux, insolent, avec des boucles d'un noir de jais qui lui mangeaient le visage.

— D'un noir de jais ?

Elle gloussa devant ma stupéfaction.

— Eh oui ! Quand on le regarde aujourd'hui, on ne reconnaît pas le Jack Severn qui tournait en rond dans cette maison du matin au soir, comptant les jours, impatient d'avoir l'âge de partir en mer. Certains disent que ses cheveux ont été décolorés par le soleil des tropiques, d'autres murmurent qu'il a eu un jour une telle frayeur qu'il a blanchi en une nuit.

— Et lui, que dit-il ?

Martha eut une moue dédaigneuse et il lui fallut quelques minutes pour tourner sa réponse.

— Tu te rendras compte que ce que dit le capitaine n'est pas toujours digne de foi.

Je la sentis tellement mal à l'aise que je préférai revenir à des questions moins embarrassantes.

— Mais le jour où il est arrivé ici ?

— Eh bien, tout allait pour le mieux. La mère des enfants avait retrouvé le sourire et, au fond, elle avait fait un excellent mariage, car le père du capitaine était une crème, un homme facile à vivre. Samuel, Edmond et Liliana ont fait de leur mieux pour devenir amis avec leur frère par alliance et pour ignorer ses sautes d'humeur et sa malveillance.

C'était le mot utilisé par ma mère dans son journal, à propos de Jack.

— Sa malveillance ? répétai-je doucement.

— Et comment ! Il pouvait être très dur, pourtant c'était un gamin lui aussi, mais il disait des choses cruelles sur les jeux auxquels les autres jouaient gentiment. Il était souvent méprisant, comme s'il était promis à une destinée grandiose. Il se croyait au-dessus des autres. Il répétait tout le temps : « Un jour, je serai tellement riche qu'une belle maison comme celle-ci ne méritera même pas mon regard. »

— Il visait très haut, alors !

— C'est ce que tout le monde pensait. D'ailleurs, George Severn se moquait de lui et le mettait en garde : « Fais attention, Jack ! Tu ferais mieux d'apprécier la splendide demeure que ta belle-mère a eu la gentillesse de t'offrir plutôt que de la dénigrer pour caresser je ne sais quel rêve. » Alors, en un clin d'œil, l'humeur de Jack changeait du tout au tout. Il se retournait et, avec un grand sourire, il demandait pardon à la mère des enfants et s'extasiait sur le magnifique dallage du vestibule.

— Et il était toujours pardonné ?

— À chaque fois. Tout le monde avait compris que Jack était d'une nature instable depuis sa naissance. Toujours avec des hauts et des bas. Joyeux à un moment, odieux l'instant d'après. On aurait dit qu'un ange et un démon se disputaient constamment son âme. C'était tantôt l'un, tantôt l'autre qui lui soufflait ses conseils. Je me souviens d'avoir entendu un jour un garçon d'écurie dire à Edmond : « Quand on donne un bâton à votre frère Jack, on ne peut jamais savoir s'il va s'en servir pour faucher des mauvaises herbes ou pour tuer son meilleur ami. »

34

Nous demeurâmes un moment silencieux. Je n'aurais pu dire à quoi Martha pensait. Pour ma part, je remémorai la manière étrange dont mon oncle par alliance s'était comporté à mon égard depuis mon arrivée, tantôt chaleureux, tantôt glacial.

Je me risquai finalement à demander :

– Ce garçon d'écurie, a-t-il dit cela avant ou après la mort du premier des frères ?

Martha me regarda d'un drôle d'air, visiblement étonnée que j'éprouve le besoin de poser la question. Puis, se rappelant qu'au fond il était tout naturel que l'adolescent que j'étais voulût connaître à fond son histoire familiale, elle répondit :

– C'était avant. (Son visage s'assombrit.) C'est le petit Jolyon qui est mort le premier. Il n'avait même pas cinq ans. Un petit bonhomme joufflu, toujours souriant. C'était bien le dernier gamin au monde qu'on aurait pu imaginer trouver un matin tout bleu dans son lit, sans vie.

— Ma mère n'a jamais réussi à en parler, avouai-je.

— *Personne* n'a jamais pu, dit-elle d'un ton véhément. *Personne* n'a compris comment une chose pareille avait pu se produire. Il m'arrivait de m'arrêter devant son portrait, dans l'escalier, et de penser qu'il n'était qu'une invention du peintre, qu'il n'avait jamais existé. On évitait de parler de lui, enfin, jusqu'au jour où on a entendu ce coup de fusil, au fond des bois, quelques mois plus tard.

Je repensai à tous les morts énumérés par Thomas dans le Passage du Diable.

— Samuel ?

— Oui, Samuel.

Martha secoua la farine qui collait à ses doigts pour resserrer son châle autour d'elle, comme si elle avait froid.

— Ta mère a tout de suite compris. Elle était assise là, à ta place, en train de triturer des petits morceaux de pâte à tarte qui restaient. On a entendu ce coup de fusil dans le lointain. Liliana est devenue toute pâle ; elle s'est caché le visage dans son tablier et je l'ai entendue pleurer doucement en se disant : « Encore un ! Oh non, ce n'est pas possible ! »

Martha fit une boule de sa pâte et se mit à la pétrir avec force, comme pour écraser toute la douleur contenue dans cette histoire.

— J'ai pensé que c'était encore une de ses idées fantasques de faire tout un drame pour un oiseau qu'on avait tiré en vol. Mais c'était elle qui avait raison. Car il y avait eu (elle cracha littéralement ces mots) une sorte d'*accident* dans les bois. Et cette fois, c'était Samuel qui gisait là. Il ne pouvait plus sentir les larmes de tous ceux qui l'aimaient inonder son visage.

Je lui demandai aussitôt :

— Et qui avait tiré ?

Elle répondit, d'une voix pleine d'aigreur :

— Personne n'a jamais avoué avoir tiré au fusil. Mais chacun savait qui était dans la maison à ce moment-là et qui n'y était pas.

Elle n'eut pas besoin de prononcer son nom pour que je sache qui elle soupçonnait. J'étais déconcerté : je venais d'arriver, Martha me connaissait à peine. J'aurais très bien pu répéter ce qu'elle venait de me dire. De plus, si elle suspectait aussi clairement son patron, que faisait-elle encore là, à lui confectionner des tartes ? À moins qu'elle n'eût un plan pour lui donner des maux d'estomac épouvantables jusqu'à la fin de ses jours.

Quoi qu'il en soit, je n'allais pas laisser passer une aussi belle chance d'en apprendre plus encore sur l'histoire de ma famille.

— Et Jack, il était dans la maison ?

Elle me lança un regard d'égal à égal.

— Non. Il était sorti, parti à la pêche. C'est du moins ce qu'il a prétendu. Et de toute façon on n'était sûr de rien, puisqu'il y avait aussi des jardiniers, dans le parc, au même moment.

Elle jeta la dernière pâte à tarte sur la planche.

— C'est alors que la plupart des autres domestiques sont partis. Soit parce qu'ils redoutaient un nouvel accident, soit parce qu'ils pensaient que, malin comme il était, ce scélérat pourrait très bien faire accuser quelqu'un d'autre, la fois suivante. Martha prit un air sombre.

— Qui accepterait de finir au bout d'une corde pour rendre service à un démon ?

J'étais toujours aussi perplexe.

— Personne ne l'a soupçonné, dans la famille ? Je comprends que personne n'ait osé en parler au père de Jack. Mais quelqu'un aurait pu au moins mettre en garde la mère des enfants, non ?

Martha étalait à présent la pâte en une abaisse si fine que lorsqu'elle la souleva, je vis sa silhouette au travers.

— Dieu sait si j'ai essayé ! La gouvernante aussi a essayé, et la femme de chambre. Mais la pauvre était déjà bien malade et tellement affaiblie qu'elle n'a même pas compris que son cher Samuel était mort. Ça a été une période atroce. Elle souffrait de crampes d'estomac épouvantables. Elle vomissait tout ce qu'elle mangeait. Les médecins ne comprenaient pas ; ils ont même fait venir un représentant de la loi, une espèce de bon à rien qui est venu renifler mes poêles et mes casseroles à la recherche de poison.

— Du poison ? (J'étais atterré.) C'était encore Jack ?

— Qui sait ? Pourtant, je t'assure que nous étions sur nos gardes ! Mais comment veux-tu empêcher un adolescent affamé de venir traîner dans les cuisines de sa propre maison ?

Sa bouche se crispa en un rictus méprisant.

— L'infirmière qu'avait fait venir le père du capitaine était une parfaite imbécile et Jack un charmeur de premier ordre. Il n'a eu aucun mal à la convaincre de le laisser entrer chaque jour dans la chambre de sa « chère belle-maman pour la réconforter ».

Martha fut secouée par un frisson.

— À la fin, la mère de Liliana souffrait tellement que certains d'entre nous étaient soulagés que la pauvre femme eût enfin trouvé la paix.

J'étais sans voix, effaré par tant d'horreur. Mais je finis par demander :

— Et le père de Jack ?

— George Severn ? dit Martha en hochant la tête. La mort lui avait enlevé ses deux épouses, il était brisé. Il a vécu juste assez longtemps pour voir Jack partir pour son premier voyage en mer, après quoi il a noyé son chagrin dans l'alcool.

— On peut donc dire que Jack l'a tué, lui aussi.

— On peut le dire, oui. C'est pour ça qu'il n'y a plus un seul portrait dans la maison, poursuivit Martha en désignant du menton le couloir de l'office. Mon maître, prétentieux comme il est, en a encore un dans sa chambre : un portrait de lui, qu'il a fait peindre quand il a obtenu le grade de capitaine. Mais les autres, les portraits de ceux qui sont morts, ont tous été détruits pendant une de ses nuits de folie.

Ses lèvres s'amincirent en une expression de profond ressentiment.

— Pour une raison bien simple : même un regard fixe, sur un tableau, peut être accusateur.

Un long silence s'installa. J'éprouvais un curieux sentiment. J'étais venu dans cette cuisine avec mon plan, prêt à tous les subterfuges pour en apprendre le plus possible, et tout m'avait été servi sur un plateau, comme si cette femme attendait depuis des années le moment de raconter son histoire.

Quelque chose clochait, pourtant. Si même la moitié de ce qu'elle venait de me dire était vrai, pourquoi Thomas et elle restaient-ils ici à fendre du bois et à confectionner des tartes pour quelqu'un qu'ils soupçonnaient d'être un assassin ? Et si cet homme était aussi dangereux, pourquoi ni l'un ni l'autre ne m'avait-il conseillé de partir en courant, dès mon arrivée ?

Avec tact, je l'incitai à poursuivre son récit.

— Pourtant, vous êtes restée ici ?

— Que voulais-tu que je fasse d'autre ? Il fallait bien essayer de protéger les deux derniers enfants, en priant pour que la chance nous sourie.

— Oui, mais tout de même ! Vivre dans la terreur que ce qui s'était passé ne se reproduise !

— Tu ne crois pas si bien dire…

En levant les yeux, je surpris le même regard fatigué que j'avais si souvent vu chez ma mère. Du coup, je sentis mollir ma détermination à questionner

Martha sur la mort du dernier frère. Un frisson me parcourut.

— Tous ces morts ! Pas étonnant que, quand j'ai demandé mon chemin à des femmes du village, elles m'aient regardé comme si je leur avais dit que je voulais aller en enfer !

— Au village, tout le monde pense que le diable rôde par ici. C'est bien pour ça que le capitaine n'a pas trouvé d'autres domestiques jusqu'à présent.

C'est alors que mon accusation tomba :

— Mais Thomas et vous, vous êtes restés, toutes ces années !

Elle me dévisagea comme on regarde un demeuré et répondit sèchement :

— Bien sûr que nous sommes restés. Sinon, il n'y aurait eu personne ici pour veiller sur Liliana, si jamais elle était revenue.

— Mais, quand il y a eu cette lettre du docteur Marlow vous apprenant sa mort ?

De nouveau, elle me fouilla du regard, comme si elle n'en revenait pas qu'un garçon de mon âge fût si lent à comprendre.

— Justement, nous étions plus sûrs que jamais qu'il nous fallait rester, puisque, au lieu de Liliana, c'était toi qui venais.

35

Je fus pris de panique.

— Mais alors, Martha, je suis le prochain sur la liste ! Il va vouloir me tuer, moi aussi. Je suis sûr qu'il en a déjà l'intention. Ça se voit dans son regard. Ça s'entend dans ses plaisanteries ! Pas plus tard qu'hier, il m'a dit qu'il avait hâte de me voir dans le Passage du Diable !

Elle posa sa main sur la mienne.

— Non, non. Tu n'es pas en danger.

Je retirai ma main.

— Pas en danger ? Comment pouvez-vous dire cela, alors qu'il y a déjà là-bas toute une rangée de tombes ? Il n'y a aucune raison que la prochaine ne soit pas la mienne !

— Si, il y a une raison. C'est pour cela qu'il t'a fait venir et que tu n'as pas à avoir peur de lui pour l'instant.

Pour l'instant ? La panique ne cédait pas.

— Mais quoi ? Quelle raison ?

Elle fit le tour de la table, posa une main sur mon bras.

— Écoute, me chuchota-t-elle à l'oreille. Le capitaine est en train de manœuvrer pour que tu le mènes jusqu'à une chose qu'il veut à tout prix récupérer. Nous ne savons pas de quoi il s'agit. Mais c'est quelque chose qu'il a perdu il y a très longtemps. Et il pense que c'est ta mère qui l'a emporté avec elle. En passant, la nuit, devant ses appartements, on l'entend marmonner dans son sommeil ; et parfois, quand il ne nous entend pas approcher, on le surprend en train de maugréer tout seul. Mais tant qu'il ne sera pas certain qu'il ne peut plus obtenir de toi le moindre renseignement sur la façon de récupérer cet objet auquel il tient tant, tu peux être tranquille, il ne te fera aucun mal.

Ce n'était guère rassurant. Certes, j'avais bien gardé mon secret, affichant un air impassible chaque fois que mon oncle m'avait harcelé à propos de la maison de poupée. Et heureusement ! Mon obstination de la veille m'avait sans doute sauvé la vie. À la minute où il saurait où elle se trouvait, il l'enverrait chercher. Et ensuite, il n'y aurait plus aucune raison que j'échappe à un accident «providentiel», comme ceux qui avaient frappé tous les autres membres de ma famille. Il pouvait parfaitement m'emmener à la rivière pour une deuxième leçon de pêche. Je pouvais glisser sur un rocher et me fracturer le crâne ou tomber à l'eau.

Je pouvais tout simplement disparaître.

Et c'est certainement ce qui allait se passer. Car cette maison que le capitaine détestait tant était le nid où il jouait le rôle du coucou. Hal, Rubiana, Topper et moi avions vécu assez d'aventures rocambolesques où il était question d'héritages cachés ou perdus pour que je voie clair dans son jeu : j'étais le dernier œuf qu'il allait devoir jeter par-dessus bord, pour récupérer cet objet si précieux caché quelque part dans la maison de poupée.

Mais où exactement ? S'agissait-il d'une carte indiquant l'emplacement d'un trésor, dissimulée sous le papier peint ? Ou bien d'une poignée de diamants de contrebande couverts de peinture, déguisés en boutons de rose grimpant au-dessus du portique ? Ou, plus vraisemblable encore, d'un objet caché dans la poupée Séverin qui avait elle-même été habilement enfermée sous le coffre de la fenêtre ?

Impossible de le deviner. Mais je savais maintenant qu'il y avait à l'intérieur de la maison de poupée quelque chose de si précieux, aux yeux de cet individu avide et emporté, que, pour l'obtenir, il était capable de commettre un nouvel assassinat.

Le mien.

Je continuai à ruminer, tout en épluchant les pommes. Martha, elle, était retournée à sa tarte. Le temps passait, et tout à coup nous entendîmes des pas résonner dans le couloir de l'office.

La porte s'ouvrit brusquement : c'était le capitaine. Pour ajouter encore à mon désarroi, il était d'humeur joviale ; bien trop joviale, heureusement, pour remarquer ma pâleur et le tremblement de mes mains.

– Martha ! Ce fut une excellente journée de pêche. Tiens !

Il jeta son butin sur la table et attrapa une poignée d'épluchures de pommes.

– Pelures fines, bravo ! Tu sais te servir d'un couteau. Eh bien, tiens, vide-moi donc ces mulets !

Je me levai précipitamment.

– Je ne saurais pas m'y prendre.

Il ricana.

– Martha va t'apprendre. Mais peut-être pas maintenant, car j'ai bien d'autres choses à te montrer.

Il m'emmena dans le salon où il ouvrit la porte d'un placard.

– Regarde ! La nuit dernière, une foule de souvenirs d'enfance me sont revenus, des moments de bonheur, à l'époque où mes chers frères étaient encore en vie et où nous jouions ensemble des heures entières.

Un à un, il sortit des jouets dont le placard était rempli : une roulette de casino, un arc et des flèches, un billard bagatelle* en bois, avec des boules d'acier rangées dans un petit filet. Une batte et des piquets de cricket. Des maillets de croquet.

– Voilà ! Tu as ici à ta disposition de quoi occuper des étés entiers ! (Il me prit par les épaules et me serra contre lui.) Quand j'ai vu ta mine contrite, au bord de la rivière, je me suis dit : « Jack, tu es trop sévère ! Ce garçon a été élevé par sa mère. Il n'est pas encore assez solide pour rester planté pendant des heures avec une canne à pêche. Un peu d'indulgence ! Il lui faut du temps pour s'aguerrir ! »

Je pris l'arc et le carquois.

---

* Billard bagatelle : sorte d'ancien flipper fonctionnant avec un mécanisme à ressort qui permet d'envoyer les boules dans des trous de diverses valeurs.

— Mais, rien de tout cela n'est à moi !

Il agita la main au-dessus des jouets en vrac par terre.

— Si, si, tout est à toi ! Tu peux jouer à ta guise. Tout ce que je veux, c'est que tu sois heureux.

Et il sortit, me laissant seul au beau milieu de ces jeux extraordinaires.

Je détachai le filet du billard bagatelle pour en sortir toutes les boules argentées. Elles roulèrent par terre de façon aussi désordonnée que les pensées qui se bousculaient dans ma tête. Décidément, mon oncle avait des humeurs en dents de scie. Impitoyable un jour, adorable le lendemain.

Mais était-il pour autant un authentique meurtrier ? Peut-être que toutes ces morts étaient vraiment accidentelles et que, dès le début, Martha avait soupçonné ce garçon d'en être en partie responsable, tout simplement parce qu'elle ne pouvait s'empêcher de le considérer comme un intrus. Mais l'attitude de Martha manquait de cohérence, il fallait bien l'admettre. Car si ce qu'elle affirmait était vrai, elle savait bien qu'à tout moment je pouvais malencontreusement lâcher l'information dont mon oncle avait besoin et me retrouver alors en danger de mort. Elle devait se rendre compte qu'il était plus sage de me renvoyer de High Gates, dans la famille qui m'avait recueilli.

Si elle avait eu les idées plus claires, elle aurait harcelé Thomas jusqu'à ce qu'il attelle la carriole pour que nous fuyions tous les trois, le jour même de mon arrivée.

Non, elle était vieille et ces épouvantables drames lui avaient fait perdre la tête. Une telle série de morts tragiques aurait ébranlé n'importe qui et rendu fou de chagrin un individu parfaitement sain d'esprit.

Même ma mère, peut-être. Martha ne l'avait-elle pas qualifiée de fantasque ? Qui pouvait dire que, affolée par les soupçons délirants de sa nourrice, Liliana n'avait pas perdu la raison elle aussi, lorsqu'elle était partie pour fuir le jeune Jack Severn ?

Je m'installai donc par terre pour jouer avec les battes, les piquets, les boules que je ne connaissais que par mes livres d'enfant, en me promettant de poser quelques questions à mon oncle, à l'heure du dîner.

36

Il était toujours d'aussi charmante humeur. Il me fit rire en imitant ses compagnons de bord et me taquina en disant que, maintenant que je savais tirer à l'arc, il s'attendait, pour peu que cela devînt mon sport favori, à recevoir une flèche dans le derrière.

J'attendis que Martha fût retournée aux cuisines après nous avoir servi la tarte aux pommes pour déclarer, d'un ton aussi anodin que possible :

— On imaginerait que tous les gens des environs rêvent de travailler dans une aussi belle propriété, et pourtant vous vous contentez d'une vieille femme usée par les ans et d'un seul et unique jardinier.

— Que je ne garde que par charité, en plus!

J'écarquillai les yeux.

— Cela te surprend? Réfléchis, Daniel! Pourquoi sinon m'encombrer d'une femme qui ne peut presque plus marcher ni porter un baquet, et d'un jardinier têtu comme une mule qui néglige tout, dans ce parc, excepté le Passage du Diable ? Si je voulais, dès demain je pourrais les renvoyer et prendre à leur place deux villageois jeunes et vigoureux qui m'obéiraient au doigt et à l'œil. (Il écarta les bras en un geste d'impuissance.) Seulement, Thomas et Martha vivent tous deux à High Gates depuis leur plus jeune âge. Ils sont ici chez eux. Ce serait cruel de les déraciner. (Il émit un petit gloussement.) Alors je ne dis rien, j'apprends à vivre, sans me plaindre, dans la poussière et les toiles d'araignées et je les laisse, tous les deux, dans leur monde imaginaire.

— Leur monde imaginaire ?

Il baissa la voix.

— N'as-tu pas remarqué que Martha avait des idées bizarres ? À l'entendre, on croirait que cette maison a été construite par des gnomes. Quant à Thomas... (Le capitaine soupira.) Eh bien, j'ai parfois l'impression qu'il a de drôles de croyances, lui aussi.

Il sourit de toutes ses dents.

— Mais ta chère mère les aimait tellement, tous les deux ! (Il fit glisser un petit morceau de pomme au bord de son assiette.) Et puis, Martha fait divinement les tartes !

Cela nous fit rire tous les deux. Et j'admets que lorsque le corps a décidé de se laisser aller, l'esprit, aussi méfiant soit-il, relâche toute vigilance. Le capitaine se leva de table à deux reprises : la première fois pour aller chercher de l'huile de lin pour la batte de cricket («Non, non! Si je n'y vais pas maintenant, j'oublierai! ») et la seconde pour m'apporter une carte et me montrer le détroit dans lequel ses compagnons de bord et lui avaient pourchassé des pirates.

— Ah, c'était du temps où j'étais jeune et insouciant. Maintenant, j'ai des responsabilités par-dessus la tête. D'ailleurs, je dois aller demain à Londres pour régler une affaire assommante qui traîne depuis trop longtemps.

Il se pencha vers moi et me tapota la main.

— Je serai peut-être parti quelques jours. Tu ne te sentiras pas trop seul?

Je secouai la tête.

— Je suis habitué au calme et à la solitude.

— Bravo, jeune homme!

Avec un dernier sourire, il jeta sa serviette et repoussa son assiette.

— Je pars dès l'aube. Nos dîners vont me manquer. Mais je serai de retour dès que possible. (Il se leva.) Souhaite-moi bonne chance et, en échange, je te souhaiterai bonne nuit.

J'obéis et lui souhaitai les deux, avant de gravir le grand escalier tournant, puis celui qui conduisait à ma chambre. La pêche avait dû m'épuiser, car je m'endormis instantanément. Mais plus tard, au milieu de la nuit, le clair de lune me réveilla et je me sentis mal à l'aise, tout à coup. Je me levai et descendis l'étroit escalier du grenier pour aller voir si, cette fois encore, le verrou avait été fermé.

Non, la porte n'était pas verrouillée. Pourtant, mon oncle, qui avait prévu de se lever à l'aube, n'avait aucune raison de ne pas m'enfermer comme la nuit d'avant.

Alors, était-ce Martha qui avait ouvert le verrou ? Ou Thomas ?

En tout cas, pour l'heure je n'étais pas prisonnier. À moins que je ne me fusse trompé la nuit précédente. Quelle était la bonne explication ? Mystère, mais entre-temps, le sentiment de malaise qui m'avait poussé à descendre s'était dissipé.

En bâillant, je me hâtais de retourner me coucher, prêt désormais à dormir jusqu'au matin, comme une marmotte en hibernation.

37

Par quel miracle ces quelques jours furent-ils aussi délicieux ? Les sautes d'humeur du capitaine étaient tellement effrayantes qu'aussitôt après son départ j'eus l'impression que l'air était infiniment plus léger. Mais, pour être honnête, je dois dire aussi qu'une partie de mon plaisir venait de ce que je me sentais libre de mettre à l'épreuve ma force et ma vitalité toutes neuves. Chaque jour, je sillonnais le parc à la recherche de Thomas. Nous échangions quelques mots à propos d'une grenouille qui sautillait sous nos yeux en travers du chemin, ou de l'averse de la nuit précédente, après quoi je m'en allais où bon me semblait, hors de la vue de Thomas et de Martha.

Et là, sans personne s'appuyant sur une houe pour être témoin de mes échecs, je lançais des balles de cricket, j'ajustais des flèches sur mon arc pour tirer en l'air, je poussais des boules de croquet avec mon maillet. Chaque fois qu'il pleuvait, je m'inventais un compagnon de jeu avec lequel je m'installais dans la véranda pour une partie de bagatelle : jouant alternativement pour moi et pour lui, j'appris à maîtriser l'art de tirer juste assez fort sur le ressort pour envoyer les boules argentées tout en haut, dans les trous qui rapportaient le plus de points.

Mes journées n'étaient faites que de plaisirs, des plaisirs nouveaux pour moi qui s'ajoutaient à ceux que je connaissais depuis peu, comme la caresse du vent sur ma peau, la chaleur du soleil à travers mes paupières, le bourdonnement des insectes autour de moi.

Mais on ne peut empêcher son cerveau de ruminer des pensées. Pendant ces jours bénis, je finis tout naturellement par me demander comment ma mère avait pu – car j'étais certain qu'elle l'avait fait – se remémorer les journées passées dans ce parc, à courir, sauter, sentir son corps se fortifier, et refuser en même temps ces plaisirs-là à son propre fils ? Une douloureuse amertume m'envahissait peu à peu. Comme elle avait été égoïste !

Certes, elle pensait avoir de bonnes raisons de me garder enfermé. Mais m'obliger à rester au lit ! C'était de la cruauté, ni plus ni moins.

Et une fois sa duperie découverte, pourquoi m'avait-elle évité ? Rien ne l'empêchait de me faire venir à l'hôpital et de m'ouvrir son cœur, de m'expliquer clairement pourquoi elle m'avait fait croire que j'étais infirme. N'avait-elle pas compris que j'aurais été trop heureux de lui pardonner ? Ne me connaissait-elle pas assez ? Ne savait-elle pas que je l'aimais ?

C'était pour moi un mystère insondable. Je m'en tins donc à mon plan de mener mon enquête jusqu'au bout, avant de m'en aller. Quand je ne maniais pas la batte de cricket — ce que je faisais avec toujours plus de vigueur —, quand je ne m'entraînais pas à bien envoyer les balles entre les arceaux de croquet — et j'y arrivais de mieux en mieux —, j'assaillais Martha et Thomas de ce que j'espérais qu'ils prenaient pour d'innocentes questions.

Un jour j'allai trouver Thomas occupé à ramasser des feuilles mortes qu'il entassait dans une brouette.

— Je peux vous aider, si vous voulez.

Il releva la mèche qui lui tombait dans les yeux.

— Tu es donc fatigué de jouer ?

Je fis signe que oui et partis en quête d'une autre fourche. Nous travaillâmes un moment en silence, puis je lui demandai, l'air de rien :

— Dites-moi, à quoi jouait ma mère dans ce jardin ?

Il rit.

— J'aurais plus vite fait d'énumérer les jeux auxquels elle ne jouait pas ! Edmond et elle passaient leur temps à jouer au ballon, à grimper aux arbres, à courir après les poules.

— Les poules ?

— Edmond a eu des poules dès qu'il a été assez grand pour en prendre une dans ses bras et tomber amoureux d'elle.

— Il n'y a plus de poules, maintenant.

— Non, répondit Thomas d'une voix sombre. Et il n'y en aura pas tant que Martha sera de ce monde. Aujourd'hui encore, le moindre gloussement la fait éclater en sanglots.

— À cause d'Edmond ?

— À cause d'Edmond, oui.

Il se tut et je respectai son silence, avant de reprendre :

— Vous m'avez dit qu'il était mort en mer.

— C'est exact.

D'un coup sec, il enfonça les dents de sa fourche dans le paillis.

— Et je ne me le pardonnerai jamais.

J'ouvris de grands yeux.

— Mais… en quoi pourriez-vous être responsable de sa mort ?

Thomas fouilla des yeux mon visage, comme s'il hésitait à me raconter son histoire. Mais l'envie de parler l'emporta. Il jeta sa fourche.

— Si, si, c'est ma faute ! C'est à cause de mes bavardages. Tu sais, toute ma vie j'ai rêvé de voir la mer et toutes ces merveilles dont parlent les marins. Je passais mon temps à raconter des histoires de dauphins qui s'ébattent dans le sillage des navires et de baleines grandes comme des maisons qui surgissent des vagues. À force, j'ai contaminé Edmond, avec mes rêves. Aussi, lorsque Jack l'a tenté — « Juste une traversée, Edmond ! Histoire de voir le monde ! » —, il n'a pas pu résister.

— Mais il connaissait Jack. Il devait savoir quels risques il courait.

— Oh, il était assez clairvoyant pour ne pas prendre la mer avec ce faux frère sans scrupule. Et Jack, lui, assez malin pour le deviner. Alors, quand il est revenu un été et qu'il a appris qu'Edmond s'apprêtait à partir à bord de *L'Intrépide*, Jack nous a rebattu les oreilles de sa nouvelle mission sur un navire qui s'appelait *La Gloire des flots* et devait appareiller de

Portsmouth. Quelques jours plus tard, il avait déjà plié bagage. Si bien que, jusqu'au jour où Edmond a embarqué et où son navire a quitté le port, personne ne pouvait se douter que Jack se trouvait à bord.

Thomas donna un grand coup de pied dans un coussin de mousse qui vola de tous côtés, puis reprit, d'un ton rageur :

— La fin de l'histoire est facile à deviner. Un mystérieux accident au bout du monde, et un autre garçon, aussi bon et affectueux que ses frères, perdu à jamais.

— Il ne restait donc plus que ma mère. Est-ce pour cela qu'elle s'est enfuie ?

— C'est pour cela que l'avons obligée à s'en aller, la nuit même. Elle était pourtant à bout de forces, tant elle avait pleuré. Martha lui a emballé quelques affaires avant que le capitaine ne revienne, son ignoble forfait accompli.

Je repensai à l'affirmation de Martha selon laquelle Liliana avait pressenti la mort de Samuel.

— Mais puisque les deux garçons se trouvaient à bord du même bateau, comment ma mère a-t-elle pu apprendre la mort de son frère avant le retour de Jack ?

— Ah, ça, répondit Thomas, en retrouvant brusquement le sourire, c'est à ton père qu'on le doit.

— Mon *père*?

Il sourit.

— Tu n'es tout de même pas assez idiot pour penser que tu n'en as pas?

Le rouge me monta aux joues. Je ne voyais pas comment faire comprendre à quelqu'un qui avait connu une tout autre Liliana que ma mère refusait de répondre à la moindre question sur son passé.

Thomas était intrigué.

— N'as-tu jamais deviné qui cela pouvait être?

— Deviné?

Me revint en écho le rire mon oncle, quand il avait imaginé qu'un certain Mr Cunningham aurait pu séduire ma mère et me donner son nom.

— Je n'avais aucune raison de penser que je portais un nom qui n'était pas le mien, répondis-je laconiquement.

Mais brusquement une autre phrase m'échappa et j'en fus le premier surpris.

— Quoique, si j'avais soupçonné que je pouvais avoir un père caché, dès le début de mon séjour ici j'aurais pu penser que c'était vous.

38

Il n'eut pas été plus abasourdi si je l'avais pris pour le roi d'Espagne.

— Moi ? Moi, *ton père* ?

Je voulus me justifier.

— Pourquoi pas ? J'ai appris que vous aviez passé vos jours et vos nuits à fabriquer une maison de poupée pour ma mère. Et Martha m'a clairement laissé entendre qu'elle avait été confectionnée avec amour.

Il éclata de rire et me prit par les épaules.

— Daniel, je serais très honoré de tenir ce rôle à sa place. Mais non, ton père s'appelait Harry Hetherington.

Il me regarda du coin de l'œil, de plus en plus étonné.

— Tu n'as jamais entendu prononcer son nom ?

Je secouai la tête.

— C'est vrai ? Ta mère ne t'a jamais parlé de ton père ?

— Sauf pour me dire qu'il était mort. Et me faire clairement comprendre qu'elle n'avait rien de plus à m'apprendre sur lui.

Il hocha la tête, incrédule.

— Pauvre petite ! Son cœur ne pouvait plus guérir.

Il prit une profonde inspiration, comme s'il lui fallait du courage pour raconter toute l'histoire.

— C'était un ami d'Edmond, un beau jeune homme. Dès qu'Edmond lui a annoncé qu'il partait en mer, Harry a mis tout en œuvre pour l'accompagner. Le jour où ils ont embarqué tous les deux pour ce funeste voyage, j'ai vu Liliana agiter son mouchoir, sur le quai, jusqu'à ce que le navire ne soit plus qu'un point minuscule à l'horizon. Et même si aucun mot ne fut prononcé, nous savions tous qu'elle pensait autant à Harry qu'à son frère adoré.

— Pourtant, il n'a pas pu le sauver.

— Personne n'aurait pu le sauver, car ce qui s'est passé ensuite sur le bateau était l'œuvre du diable lui-même. Un feu s'est déclaré sur le pont, provoquant un branle-bas. Toutefois, comme Harry l'a raconté par la suite, on ne s'explique toujours pas comment un jeune homme aussi agile qu'Edmond a pu passer par-dessus bord, comme ça.

— Il pensait que ce n'était pas un accident ?

— Il en était convaincu, car il avait surpris des messes basses, ici, à propos des autres meurtres. Pour Jack, c'était un pas de plus vers son objectif : s'emparer de la fortune de la famille. Harry a été assez malin pour ne rien laisser paraître, jusqu'à la fin de la traversée. Mais à peine avaient-ils accosté qu'il s'est éclipsé et a chevauché à toute allure pour revenir ici. Je me souviens l'avoir vu entraîner Liliana dans la véranda pour la convaincre de fuir. « Tu ne seras pas en sécurité tant que tu n'auras pas quitté cette maison pour aller te cacher quelque part. Ce Jack est le diable en personne et il ne sera satisfait que lorsque tu auras rejoint le reste de ta maudite famille… dans la tombe ! »

Thomas frémit à l'évocation de ce souvenir.

— La pauvre Liliana ne disait rien. Elle était ravagée par le chagrin. Mais nous savions tous qu'elle aimait Harry. Et lui disait l'aimer aussi. Il était donc plus prudent qu'il l'emmène sur-le-champ, l'épouse dès le lendemain et la cache dans une ville lointaine. (D'une main nerveuse, il releva sa mèche rebelle, comme s'il revivait l'affolement de cette nuit tragique.) En fait, nous espérions que le capitaine croirait que c'était par amour pour Harry qu'elle était partie et non par crainte de ses méfaits. Ainsi, il y avait moins de risque qu'il se lance à sa recherche.

— Et donc, avant même que Harry ne parte pour ce voyage en mer, vous aviez fait comme si tout était prévu pour qu'ils se sauvent ensemble, dès son retour ! Et c'est pour ça qu'il avait quitté le navire aussi vite !

— Quelle perspicacité, mon garçon ! Martha a rassemblé les affaires de Liliana dans des sacs de voyage qu'elle a jetés dans la carriole. Pendant ce temps, Harry et moi sommes allés chercher la maison de poupée, car le capitaine savait qu'elle y tenait beaucoup. Comme Liliana n'était pas censée partir précipitamment, la logique voulait qu'elle pense à l'emporter. (Thomas devint sombre.) Seulement, cette nuit-là, Liliana a pris aussi une chose d'une valeur inestimable aux yeux de ton oncle – tellement inestimable qu'il n'aura de cesse de la retrouver. Il a poursuivi cette malheureuse Liliana et Harry jusqu'à ce que ton père n'en puisse plus de déménager en pleine nuit, de changer de nom constamment pour brouiller les pistes et de ne jamais pouvoir garder un emploi ou un ami. Et il a fini par...

Thomas n'acheva pas sa phrase.

Mais je n'allais pas le lâcher.

— Alors ce beau jeune homme qu'était mon père a fini par abandonner ma mère.

Il essaya de me réconforter.

— Harry n'était pas un saint.

— Il disait qu'il l'aimait ! m'emportai-je.

— Et c'était vrai, j'en suis sûr. Mais tu apprendras que bien souvent lorsque les soucis frappent à la porte, l'amour prend la clef des champs.

— Ce n'est pas de l'amour, alors !

— Peut-être.

Son expression changea. Il me regarda d'un air perplexe.

— Mais ce n'est pas si simple. Au bout de plusieurs années, il nous avait écrit que Liliana n'était plus la même. Elle le traitait avec froideur, disait-il. Elle était devenue dure et insensible.

— Il aurait pu faire un effort, patienter un peu plus longtemps !

— Peut-être l'a-t-il fait. Mais nous n'en savons rien, car il ne nous a plus jamais écrit.

– Alors il était parti ! Il nous avait abandonnés, ma mère et moi !

– Si ça se trouve, il ignorait que ta mère était enceinte. Et nous n'en savions rien non plus.

Thomas brossa sa manche où s'étaient accrochées quelques feuilles mortes.

– Mais ta mère l'a bientôt su, elle. Et avec le recul, nous pensons que c'est parce qu'elle craignait pour ta vie que Liliana a cessé d'écrire à sa chère Martha.

– Ah bon, plus une seule lettre ?

– Non, pas une ligne. Nous avons attendu, nous avons lutté pour ne pas perdre espoir, mais impossible de savoir où elle se trouvait – ni même si elle était morte ou vivante – jusqu'au jour où, tandis que je marchais derrière le capitaine, je l'ai entendu marmonner quelque chose au sujet de cette missive du docteur Marlow.

J'étais abasourdi par ces révélations.

– Et mon père ?

Thomas haussa les épaules.

– Un homme qui abandonne sa femme a tôt fait de perdre l'estime de sa famille et de ses amis. Je pense qu'il a refait sa vie.

Refait sa vie ! Ces mots avaient un goût amer.

Ainsi Harry Hetherington, mon père, aurait eu deux vies, alors que jusqu'à présent je n'avais eu, moi, qu'un semblant d'existence.

Oui, un semblant. Car même si nous avions passé des années cloîtrés ensemble, je ne connaissais décidément pas ma mère. Elle ne m'avait jamais parlé de son enfance. J'étais la seule personne au monde à en savoir aussi peu sur elle. Pour moi, elle aurait pu être aussi bien une poupée à tête de bois, totalement dépourvue de cet amour qui vous amène à partager des souvenirs, des peurs et des espoirs. Elle m'avait dépouillé de mon être : je ne savais pas quelle était ma place dans ce monde, je ne connaissais même pas mon vrai nom. Elle avait préféré la banalité du silence à la vérité, la vérité sur mes origines. Parce que cela l'arrangeait, elle m'avait condamné à vivre cloué au lit, anémié par cet interminable mensonge.

Et pour couronner le tout, elle m'avait abandonné ! Personne ne l'avait assassinée, elle. Elle n'avait pas succombé non plus à une épidémie, comme les malheureux patients du docteur. Non. Elle avait mis fin à ses jours, simplement parce qu'elle ne pouvait pas continuer à vivre comme cela l'arrangeait. Elle avait fait passer ses désirs avant ses devoirs envers moi, son fils.

Je sentis une main se poser sur mon épaule.
— Un jour, tu comprendras.
Je me dégageai.
— Jamais ! Je ne comprendrai jamais ! Ils ont été lâches, l'un comme l'autre. Je ne pardonnerai jamais à mon père d'avoir délaissé ma mère, ni à ma mère de m'avoir abandonné. Jamais de la vie !

Je partis en courant vers la rivière et suivis le sentier pour rejoindre l'arbre creux où Liliana avait passé tant d'heures dans son enfance. Dès l'entrée, l'odeur de feuilles pourries se répandit autour de moi comme une vapeur. Je me glissai à l'intérieur et m'assis exactement là où elle avait dû s'asseoir si souvent des années auparavant, sur une petite bosse formant une sorte de siège. Là, je sortis son journal que je relus, entre deux sanglots, de la première à la dernière ligne, y cherchant désespérément la preuve, si infime fût-elle, que cette jeune Liliana avait toujours été une enfant gâtée, une égoïste qui se souciait des siens comme d'une guigne.

Qu'essayais-je de faire ? De me convaincre qu'elle n'avait jamais mérité une once de mon amour pour elle ? Dans ce cas, je perdais mon temps. Son journal était truffé de détails démontrant le contraire.

Hier, mère a estimé qu'Edmond ne s'appliquait pas assez pour écrire l'alphabet, elle l'a donc consigné à la maison toute la matinée, avec son cahier et son porte-plume. Jolyon voulait sauter sur les marches de la véranda. Mais comme je trouvai cela trop cruel pour Edmond d'être obligé de nous entendre jouer dehors, j'ai emmené Jolyon dans la framboiseraie et nous avons joué aux tigres dans la jungle.

Je tournai une ou deux pages et lus encore :

J'ai trouvé un lapin avec une patte cassée. Thomas m'a dit qu'il valait mieux lui tordre le cou et le faire cuire pour qu'il ne souffre plus. Mais j'ai poussé les hauts cris en décrétant que si c'était ainsi, à partir de ce jour, je ne mangerai plus une seule bouchée des repas qu'on me servirait dans cette maison. Alors, en soupirant, Thomas l'a soigneusement installé dans une cage. Je déteste voir cette pauvre petite bête trembler. Il attend à longueur de journée de pouvoir retrouver la liberté. Si seulement il pouvait comprendre que son emprisonnement n'est que provisoire !

Et, sur la page d'après, encore le compte rendu d'un malheur arrivé à quelqu'un d'autre :

Pauvre petit Jolly ! Il s'est réveillé couvert de vilains boutons et Martha dit qu'il faut absolument le laisser dans son berceau. Il hurle, hurle sans cesse, mais est-ce à cause des boutons de varicelle qui lui font mal ou de rage d'être condamné à rester au lit ? On ne sait pas.

Je refermai le carnet d'un coup sec. Rien à faire. La petite fille qui avait écrit ces lignes n'était décidément ni horripilante, ni indifférente aux autres, ni cruelle ; c'était, au contraire, une enfant affectueuse et attentionnée. Je finis par soupirer et ranger dans mon gilet le petit carnet relié en cuir. J'allai renoncer à percer le mystère que ma mère était devenue pour moi et plier bagage.

Si je ne parvenais pas à reconstituer le puzzle de mon passé, je pouvais au moins me forger un avenir.

Je m'y efforçais.

Sur ce, je regagnai la maison d'un pas décidé.

39

Le sac de voyage de mon oncle était posé sur le perron, devant la porte d'entrée grande ouverte. J'espérai me glisser subrepticement à côté, mais il avait sans doute aperçu mon ombre sur le perron, car il sortit.

— Ah, te voilà, mon garçon ! (Il me fit entrer.) Eh bien, Daniel, as-tu veillé sur la maison en mon absence ? (Sans attendre ma réponse, il s'approcha de moi.) J'ai l'impression que tu as encore grandi, depuis mon départ.

— Cela ne fait que quelques jours, mon oncle.

— Les champignons n'ont guère besoin de plus pour pousser !

Il posa ses deux mains sur mes épaules et prit du recul pour examiner ma figure.

— Tu as les yeux rouges ; aurais-tu pleuré ? demanda-t-il en éclatant de rire. Je t'ai manqué à ce point-là ?

— Non, affirmai-je. Je crois qu'une bestiole m'a piqué dans l'œil.

Son ton changea subitement. Approchant son visage tout près du mien, il me dit, d'une voix menaçante :

— Tu devrais faire attention. Il y a bien d'autres choses qui peuvent piquer, dans cette maison.

Puis il partit d'un nouvel éclat de rire et se mit à tourner sur lui-même sous le lustre, presque comme s'il valsait avec une cavalière invisible. Où avait-il été ? Qu'avait-il pu faire, pour rentrer dans cet état, à mi-chemin entre colère et allégresse ?

Tout à coup il s'immobilisa, pointa l'index dans ma direction et déclara :

— Nous allons dîner ensemble. Oui ! Et pas plus tard que maintenant. (Il ramassa son sac.) Dis à Martha de nous concocter quelque chose en vitesse. J'ai une faim d'ours qui sort d'hibernation.

En gravissant l'escalier, il ajouta quelque chose qu'il pensait sûrement inaudible pour moi.

— Et j'en ai plus qu'assez de jouer les hommes bien élevés.

Le temps que Martha nous apporte à manger, son humeur avait encore changé. Il leva à peine les yeux quand je pris place à table. Je lui souhaitai le bonsoir et dépliai ma serviette.

Il ne disait toujours rien.

Au moment où j'hésitais à lui demander si j'avais fait quelque chose de mal, sa main de géant s'abattit sur la table, faisant trembler les couverts et sauter les assiettes.

– Ah! On joue les petits lapins craintifs, maintenant, mmm?

– Je vous demande pardon?

– Tu es là, le nez dans ton assiette, comme un enfant abandonné dans un orphelinat. Allons, tu manges à ma table. Tu pourrais au moins me distraire en échange!

J'obtempérai. Le cœur battant, effrayé par sa colère, je réussis à balbutier quelques phrases sur mes progrès au tir à l'arc et au billard bagatelle. Je lui racontai que j'avais aidé Martha à la cuisine et exploré la propriété de fond en comble. Mais bien qu'il me regardât fixement tout le temps que dura mon compte rendu sans intérêt, il semblait à peine écouter. Peut-être savourait-il la satisfaction de voir que rien n'avait changé et que j'étais toujours le garçon stupide et écervelé qu'il avait quitté en partant à Londres.

Ou alors il mijotait quelque chose.

Je n'aurais su le dire. Pourtant, le son de ma voix avait dû l'apaiser, car je le vis bientôt acquiescer à ce que je disais. Puis il recommença à s'exprimer verbalement.

— Tu as donc apprécié les livres que tu as pris dans la bibliothèque ? Nous t'en trouverons d'autres. Si tu t'es mis au tir à l'arc, il faut que je t'apprenne à aiguiser les pointes de tes flèches.

Il se passa ainsi plusieurs minutes et je remarquai qu'il retrouvait peu à peu sa bonne humeur au point de sourire à tout ce que je disais, comme si chacun de mes mots lui plaisait, l'amusait même.

Me sentant un peu moins menacé, je me risquai à demander :

— Et vos affaires ? Tout s'est bien passé ?

— Si ça s'est bien passé ? dit-il en tapant du poing sur la table. Le mieux du monde ! Je ne serais pas plus satisfait si j'avais trouvé la poule aux œufs d'or ! (Il ricana.) Un voyage tout ce qu'il y a de fructueux.

Il me lorgnait d'un air tellement sarcastique, à présent, que je tressaillis. Je ne pus m'empêcher de repenser à ce visage étrange qui avait hanté mon enfance — l'illustration de mon livre de contes qui représentait dans un sens une jeune fille souriante et, à l'envers, sa méchante belle-mère.

Plissant les yeux, il se pencha par-dessus la table et ajouta, d'un ton menaçant :

— Et figure-toi que j'ai découvert un *secret*.

Martha m'avait dit qu'il y avait en lui un ange et un démon. À cet instant, il me sembla voir les deux à la fois. Je balbutiai :

— Un secret ?

Son visage se rapprocha encore du mien.

— Oh oui ! Un secret que quelqu'un d'autre avait très envie de garder pour soi !

J'avais les mains toutes moites, quand je reposai mon couteau. Ses yeux avaient à présent une lueur d'un vert diabolique.

— Et il y a une question que je me pose : pourquoi s'efforce-t-on de garder un secret, si ce n'est pour tromper quelqu'un ?

Je tremblais.

— Je n'en ai aucune idée.

— Cela m'étonnerait beaucoup.

J'entendais le tic-tac imperturbable de la pendule. Je crois que j'étais subjugué par ces yeux de chat tellement étranges. On aurait dit qu'il cherchait à m'hypnotiser, dans la faible lumière des chandelles. Soudain, incapable de supporter le poids des secrets, je songeai à tout lui raconter, l'histoire de la maison de poupée et le reste. Puis je me jetterai à ses pieds, en espérant malgré tout que…

La porte s'ouvrit, laissant apparaître Martha, et je revins à la raison. Comment avais-je pu penser une seconde à aider le capitaine dans une quête qui visait à ruiner ma vie ? Le silence s'installa entre nous, tandis que Martha ramassait nos assiettes vides et repartait. Tic, tac, tic, tac. Je fis mine de me concentrer sur la tarte aux pommes qu'elle venait de poser devant moi, mais toutes les dix secondes je regardais mon oncle par alliance à la dérobée et le voyais avaler goulûment sa tarte, en me lançant des regards noirs.

Enfin, avec une dernière grimace de mépris, il jeta sa serviette.

– Voilà, le dîner est terminé. Toi, tu files te coucher !

Il n'en était pas question : j'étais tellement terrorisé que je ne voulais pas passer une minute de plus dans cette maison. Une fois certain qu'il ne me suivait pas, je me précipitai dans la cuisine, où Martha était occupée, comme d'habitude, à laver la vaisselle dans le vieil évier terni.

Je m'approchai d'elle.

— Martha, chuchotai-je d'un ton pressant. Je ne sais pas où le capitaine est allé, ni ce qu'il a fait ou entendu, mais quelque chose a changé. Je suis en danger ici, il faut que je parte. (Je lui saisis le bras.) Promettez-moi que vous allez venir me rejoindre. Les Marlow sont des gens adorables, je vous assure. Ils feront tout pour vous trouver un toit et du travail, à vous et à Thomas.

Sans même tourner la tête, elle répondit :

— Cela ne sert à rien de fuir, Daniel.

Ma panique tourna à la colère.

— Mais vous avez bien vu son humeur, au dîner ! Je serai plus en sécurité si je me sauve.

Elle tourna la tête vers moi.

— En sécurité ? C'est ce que tu crois. Tu n'es pas dans un conte de fées, Daniel. Réfléchis ! Ta mère a été poursuivie jusque dans la tombe. Il ne s'agit pas d'une méchanceté ordinaire à laquelle tu peux échapper en prenant la fuite.

Un frisson me parcourut de la tête aux pieds.

— Que voulez-vous dire, Martha ?

— Daniel, on a affaire ici à quelqu'un de profondément maléfique, qui a tué, l'un après l'autre, de bons garçons. Puis la plus délicieuse des femmes que la terre ait jamais portée, et ensuite sa charmante fille. Tu comprends bien que si tu veux vivre le reste de ta vie en paix ou en sécurité, il faut te débarrasser de cette épée de Damoclès.

Je scrutai son visage marqué par l'âge et l'anxiété. Je voulus la réconforter.

— Vous avez fait tout ce que vous avez pu pour moi. Je vous en suis très reconnaissant. Mais je vous assure que, depuis son retour, le capitaine est en proie à une folie malsaine. Il faut que je parte, cette nuit même. Que dis-je ? Tout de suite !

40

Ainsi je sortis, tout chancelant, dans la nuit tombante, traversai la cour pavée et gagnai les bois. Je n'osais partir par la grande allée menant jusqu'au portail : si ça se trouve, le capitaine me guettait. Je me dirigeai vers le mur d'enceinte le plus proche, espérant pouvoir le franchir en grimpant dans un arbre.

Les jambes tremblantes, je suivis plusieurs petits sentiers qui serpentaient à travers le bois de plus en plus dense, dans la direction du mur, mais chaque fois ils bifurquaient brusquement pour déboucher sur un autre, de sorte que je tournais en rond. Finalement la chance me mena jusqu'à un chemin mieux marqué qui aboutissait au mur.

C'est du moins ce que je pensais jusqu'au moment où j'aperçus, bien cachée sous une cascade de lierre, une porte.

Je la poussai. De l'autre côté, le chemin coupait

encore un bois, puis des rangées de framboisiers, pour passer enfin sous une tonnelle si vieille que ses arches s'écroulaient à moitié, une tonnelle couverte de roses. Si les pavés, au sol, disparaissaient presque sous la mousse, les rosiers, en revanche, étaient parfaitement entretenus, car pas une seule rose, pas une seule branche ne m'accrocha au passage.

Je parvins sur une allée étroite qui menait à une chaumière. Assis sur un banc, dehors, un homme penché en avant taillait du petit bois, dans le halo de lumière d'une lampe à huile posée sur le rebord intérieur de la fenêtre.

En entendant mes pas feutrés, il leva la tête.

— C'est toi, Daniel ?

— Thomas !

Stupéfait, je m'arrêtai net pour considérer cette maison, si basse et si trapue qu'elle semblait être sortie du sol comme un champignon.

— C'est ici que vous dormez ?

— Oui, pourquoi ? dit-il, amusé. Tu t'imaginais que le toit était crevé et que ma maison prenait l'eau ? (Il parut soudain intrigué.) Il est bien tard, pour une visite de courtoisie ! Je pensais que ton oncle t'avait envoyé au lit depuis longtemps.

— C'est ce qu'il a fait.

Et pour la première fois depuis que j'avais vu le sac de voyage du capitaine sur le perron, je me sentis un peu rassuré. Les battements de mon cœur s'apaisèrent.

Thomas leva un sourcil.

— C'est Martha qui t'envoie, alors ?

Je secouai la tête.

— J'ai découvert la porte dans le mur par hasard.

— En pleine nuit ? Alors que le capitaine t'avait envoyé dans ton grenier ?

De plus en plus perplexe, il se leva et me fit entrer dans sa masure. Tandis qu'il dégageait le bout de la table encombrée par des boutures et des semis en pots pour pouvoir y poser sa lampe, mes yeux firent le tour de la chaumière du jardinier : son lit douillet installé le long d'un mur, ses outils alignés bien en rang sur un autre mur, des cruches et des brocs, ses vêtements empilés sur un vieux fauteuil.

Tout le temps qu'il prépara son souper, je suivis Thomas comme un petit chien. J'insistai lourdement pour l'aider. « Je vais vous couper du pain. » « Laissez-moi remuer la soupe. » « Je peux recharger le fourneau. »

Tant et si bien qu'il finit par en avoir assez que je m'accroche ainsi à ses basques.

— Assieds-toi, veux-tu ? m'ordonna-t-il.
Puis il me demanda, à brûle-pourpoint :
— Tu étais en train de t'enfuir, c'est ça ?
Je débitai, dans le désordre, des explications confuses.

— J'avais trop peur de rester, je n'ai même pas pris le temps de rassembler mes affaires, ni de vous dire au revoir ! Le capitaine est revenu dans un drôle d'état. Ses yeux lancent des éclairs et il n'arrête pas de tourner en rond en poussant des cris de triomphe, parce qu'il a soi-disant découvert un secret. Il profère des horreurs et tape du poing sur la table pour faire danser les couverts, et puis il a ce mauvais sourire du chat qui va attraper une souris et...

Thomas leva la main pour me calmer.

— Attends. Attends. Il n'y a pas de quoi s'effrayer des humeurs du capitaine. Il est comme cela. Chaque fois que ses affaires marchent comme il veut, il est tout guilleret, pendant plusieurs jours. (Thomas fit la grimace.) Et quand elles ne tournent pas rond, c'est nous qui en faisons les frais !

— Ses affaires, dites-vous ?

Je fus tout de suite plus calme, me disant que je n'avais pas grand-chose à voir avec ses actions, ses obligations et les banques londoniennes. Jusqu'alors, il ne m'était jamais venu à l'esprit que le capitaine ne pouvait pas vivre de l'air du temps ou de sa maigre pension d'ancien marin. Effectivement, ses placements et ses opérations financières étaient essentiels pour lui, d'où sa jubilation quand ils rapportaient.

Thomas sourit.

– Et tout doit se passer pour le mieux. Car pendant des années le capitaine ne s'est pratiquement jamais absenté. Mais ces dernières semaines il a commencé à s'animer, à s'agiter de plus en plus, et il nous a bien surpris, l'autre jour, en décidant d'aller à la ville. (Thomas continuait de sourire.) Je ne sais pas quelles affaires il a traitées là-bas, mais ça s'est sûrement passé comme sur des roulettes : sitôt revenu, il a appelé Martha pour la prévenir qu'une charrette arriverait dès le lendemain. C'était une bonne nouvelle pour nous ! Martha se plaint qu'elle n'a presque plus de farine. Et moi, si je continue à m'enfoncer de plus en plus profond dans la cave pour essayer de trouver une bouteille de vin, je me ferai boulotter par les crapauds !

J'eus beau faire l'effort de sourire, Thomas vit bien que le cœur n'y était pas. Il leva la lampe pour éclairer mon visage.

– Tu es pâle comme un asticot ! s'exclama-t-il. Le

capitaine a tendance à oublier que tu n'es qu'un gamin. (Il écarta les couvertures de son lit.) Tu n'as qu'à dormir ici, cette nuit. Tu seras en sûreté.

— En sûreté ? pleurnichai-je. Je crois que je ne serai hors de danger que quand il m'aura pris par les pieds et secoué comme un prunier pour voir si je ne cache pas des secrets dans mes poches. Mais Martha dit que si je pars, il me poursuivra.

Je pleurais maintenant à chaudes larmes.

— Je me sens aussi prisonnier qu'un lapin dans un clapier.

— On en a eu des lapins dans des clapiers, ici, et on les a tous relâchés, répliqua Thomas d'un ton enjoué.

Il me tendit un torchon pour sécher mes larmes et s'assit près de moi, jusqu'à ce que je sois un peu rasséréné et moins découragé. Ensuite, il insista pour que je me couche dans son lit et me borda.

— Nous aurons le temps de parler de ton avenir demain.

Le seul avenir que je pouvais envisager était de retourner dans la famille qui me manquait tellement, et j'allais tout mettre en œuvre pour cela. J'arriverai bien à convaincre Thomas de remettre à plus tard ses travaux du lendemain matin pour m'emmener à

Illingworth prendre le premier train. Aussi fermai-je docilement les yeux, en souhaitant que la ronde des heures s'accélère. Finalement, apaisé par les petits bruits que mon compagnon calme et serein faisait dans la pièce en rangeant, en étouffant le feu, je sombrai dans un profond sommeil.

Je fus réveillé le premier. Dans le fauteuil, Thomas, enveloppé dans une couverture, dormait encore comme un plomb.

À la lueur de l'aube, j'examinai la maison.

Que vis-je alors, dans un coin sombre ! N'étaient-ce pas de petits yeux qui m'observaient ?

Je me levai d'un bond et traversai la pièce pour en avoir le cœur net. Au-dessus de l'armoire en chêne étaient alignées des poupées : de gros baigneurs en barboteuse à volants ; de grandes poupées, majestueuses, et d'autres avec de jolis minois d'enfant ; des poupées faites pour être câlinées et des poupées si raides et austères qu'on aurait pu imaginer les laisser dans une salle de classe pour faire régner l'ordre, bien qu'elles ne fussent que des objets inanimés.

Lorsque Thomas s'éveilla, je lui demandai :

— C'est vous qui avez fait toutes ces poupées ?

Il bâilla, s'étira.

— Oui, je les sculpte et Martha les habille. Nous les vendons dans le magasin du village. Parfois je les fais sur commande. D'autres fois, je les fabrique selon mon envie.

Il désigna d'un geste large tous les personnages en bois assis en haut de l'armoire.

— Si elles n'ont pas été vendues au bout de quelques mois, elles viennent rejoindre ici ma petite famille.

Le corps fourbu, il s'extirpa du fauteuil pour aller ranimer le feu dans le fourneau.

Alors qu'il tendait la main pour prendre le soufflet, je demandai :

— Et vous fabriquez aussi des maisons pour ces poupées-là ?

Il secoua la tête.

— Celle que j'ai fabriquée pour Liliana était la première et la dernière. Je n'aurais jamais pu refaire aussi bien. Je n'ai même pas essayé.

Il se passa une chose étrange dans mon cerveau, comme si les pièces d'un puzzle venaient s'emboîter. Choisissant soigneusement mes mots, je dis :

— Alors, c'est donc vous qui avez fabriqué les poupées dont ma mère m'a si souvent parlé, celles qui étaient dans la maison de poupée ?

Thomas leva les yeux, surpris.

— Elle t'en a parlé ?

Je faillis lui révéler toute la vérité : que non seulement elle m'avait parlé des poupées, mais que, dorénavant, celles-ci m'appartenaient. Non, décidai-je finalement : j'avais tellement bien réussi à garder ce secret, jusqu'à présent, que je devais continuer ! Et puisque j'allais partir, il valait mieux éviter de faire, à ce brave homme, une confidence qui l'aurait embarrassé. Je répondis, une fois de plus, avec prudence.

— Je sais que, quand elle était petite, ma mère avait une poupée toute maigre, une dame...

— Le portrait tout craché de ta grand-mère. Remarque, j'ai eu tort de la représenter aussi maigrichonne car, même si nous ne le savions pas encore à l'époque, elle était déjà dans l'antichambre de la mort.

— Il y avait aussi une fille aux joues roses.

— Liliana.

— Et un jeune homme portant une couronne.

Thomas me dévisageait, avec une réelle stupéfaction.

— Ma mémoire me joue décidément de ces tours ! s'exclama-t-il. J'avais complètement oublié ça : Liliana avait absolument voulu que j'ajoute une couronne à la poupée d'Edmond. (Ce souvenir le fit sourire.) En fait, j'avais presque fini de sculpter Edmond quand elle me l'a demandé, si bien qu'au lieu d'une majestueuse couronne il en a eu une toute petite, forcément fragile.

Une fois encore, je sentis les pièces du puzzle se mettre en place et m'offrir une nouvelle image, quelque peu dérangeante.

— Et le capitaine ? m'enquis-je.

Thomas attrapa la bouilloire qui commençait à chanter.

— Eh bien quoi, le capitaine ?

— Il ne vous a pas demandé de faire une poupée à son image ?

— Jack ? Une poupée ? Ces jeux-là ne l'intéressaient pas !

Il versa de l'eau sur ses flocons d'avoine, puis sur les miens et ajouta :

— Pourtant, je me souviens qu'un jour Liliana m'a demandé de sculpter une poupée ressemblant à son frère par alliance. Elle voulait la lui offrir le jour où il deviendrait capitaine. « Une âme sœur pour lui tenir compagnie dans sa cabine », avait plaisanté Liliana. Mais elle n'arrivait pas à décider si elle voulait que je lui fasse le visage du jeune garçon qu'il avait été ou celui de l'homme qu'il était devenu.

Les dernières pièces du puzzle vinrent s'emboîter dans les autres.

— Et donc, vous avez fait les deux en un !

Thomas rit doucement tout en me passant mon bol de porridge.

— Exactement. Une tête de chaque côté, et je me suis vraiment appliqué à le faire aussi ressemblant que possible aux deux Jack, jusqu'à ses longues jambes maigres !

Il hocha la tête.

— J'y ai passé des heures, des semaines. C'était un chef-d'œuvre.

Tout était clair, désormais, pour moi.

— Et même alors, ma mère n'a pas pu choisir !

— Elle t'a raconté cela ? C'est vrai, le jour du départ de Jack, Liliana s'interrogeait encore. « Je lui offre l'homme ? Oh, mais le garçon est tellement ressemblant ! Thomas, vraiment, je n'arrive pas à me décider ! » Et finalement elle lui a donné la poupée telle quelle.

Thomas riait de plus belle.

— Le travail que ça m'avait demandé ! Et les heures que Liliana avait passées à tergiverser ! Tout ça pour quoi ? Pour que Jack pose la poupée je ne sais où, sans un merci.

— Mais, objectai-je, certain de connaître désormais toute l'histoire, il a fini par l'emporter avec lui, non ?

— Finalement, oui, se rembrunit Thomas. Mais uniquement pour provoquer Edmond. Le jour de son départ, Jack a repris la poupée, en disant : « Tu vois, Edmond ? Ce petit bonhomme en bois, lui, a le courage de prendre la mer ! La prochaine fois, ce sera ton tour, j'espère ! » Sur ce, il a jeté la poupée dans son sac de voyage et a dévalé les marches du perron.

Thomas racla les dernières cuillerées dans son bol et ajouta :

— Cependant, pour autant que je sache, la première chose qu'il a faite, une fois à bord de son navire, a été de jeter la poupée à la mer, car ni Liliana ni moi ne l'avons jamais revue.

41

C'était donc bien la poupée Séverin que le capitaine voulait à tout prix récupérer. Cette certitude me redonna du courage. J'avais vu la passion allumer son regard. J'avais vu la façon dont il perdait tout contrôle, chaque fois qu'il parlait de la maison de poupée. Je m'étais fourvoyé en imaginant un testament caché derrière le papier peint et des diamants déguisés en boutons de rose. Une seule chose intéressait mon oncle par alliance : la poupée sculptée par Thomas à son image, cette poupée dont il n'avait fait aucun cas, jusqu'au jour où son navire avait accosté dans un endroit où l'on pratiquait d'anciens rites de sorcellerie sur des effigies comme celle-là.

Il avait pu aussi surprendre d'étranges conversations entre ses compagnons de bord : «Enfonce des aiguilles dans une poupée comme ça et tu verras la

personne qu'elle représente se tordre de douleur ! »
« Couvre-la d'or, et son sosie vivant sera richissime ! »

Qui ne rêverait de faire fortune aussi facilement ? Pendant lequel de ses nombreux voyages en mer avait-il osé débarquer avec la petite effigie et marchander avec je ne sais quel sorcier pour jeter des sorts ? Combien de personnes avaient été ainsi assassinées ? Combien de kilos d'or gagnés ? Pas étonnant que le capitaine tînt à cette poupée de bois comme à la prunelle de ses yeux !

Et le jour où il était reparti pour l'un de ses derniers et de ses plus funestes voyages, résolu à précipiter dans les abysses le dernier fils de la famille, quelle meilleure cachette, pour son effigie, qu'une maison de poupée ?

Mon sang se glaça rien qu'à imaginer la fureur du capitaine Severn s'apercevant, à son retour, que dans sa fuite Liliana avait, sans le vouloir, emporté l'effigie ensorcelée, chargée d'accomplir la volonté démoniaque de son maître ?

Ma mère n'avait certainement pas deviné les pouvoirs occultes qu'elle détenait. Mais maintenant, je comprenais enfin pourquoi j'étais resté alité pendant tant d'années : parce que la poupée elle-même était enfermée ! Sophie était une petite fille innocente et dépourvue de préjugés. Pourtant, qu'avait-elle dit ? « Cette poupée provoque de drôles de choses. »

On pourra lui rétorquer : « Voyons, petite ! Une poupée n'est qu'une poupée. Elle ne peut rien décider, ni rien faire. » Mais en réalité, Sophie avait vu juste.

Ma mère, elle, n'avait pas compris. Elle s'était battue aveuglément pour me protéger du mal qu'elle sentait grandir autour d'elle. Tout concordait enfin.

Cette nuit-là, dans mes rêves, je la revis à genoux murmurer une prière : « Protégez mon cher petit Daniel et son oncle Se... » J'avais mal entendu. Elle devait dire, en réalité : « Protégez mon cher petit Daniel *de* son oncle Se... »

À présent, je réalisai que tout le temps que cette poupée était restée enfermée comme dans un cercueil, sa puissance maléfique s'était lentement instillée dans nos vies à la manière d'un poison. À cause d'elle, ma mère avait changé de caractère – la Liliana chaleureuse et vivante, celle dont tout le monde se souvenait comme d'une jeune fille adorable, était devenue une pâle réplique du petit mannequin malfaisant ; à cause de cette puissance diabolique, encore, ma propre mère s'était acharnée à maintenir un couvercle sur ma vie, comme si j'avais dû rester, moi aussi, enfermé dans une boîte.

Mais rien de plus. J'avais encore en mémoire le sermon du prêtre. « Le diable ne peut arriver à ses fins sans votre aide. Il ne triomphe que si vous lui ouvrez la porte. »

Et ma mère n'avait pas fait cela. Non, au contraire : par sa loyauté et son amour, elle avait réussi à affaiblir les pouvoirs diaboliques de la poupée qui voulait faire vivre à quelqu'un d'autre sa propre souffrance.

Mais cette magie était d'une puissance inouïe. Je repensai à la balafre sur la joue du capitaine, et aussitôt me revint à l'esprit la fois où Sophie avait malencontreusement égratigné le visage de la poupée, en s'empressant d'épingler sa jupe. Et puis, le capitaine ne m'avait-il pas confié vouloir à tout prix quitter High Gates qu'il haïssait plus que tout ? Mais de toute évidence, pendant les longues années où il avait été séparé d'elle, la poupée emprisonnée, à laquelle il ressemblait tant, l'avait confiné dans cette maison aussi fermement qu'elle m'avait confiné, moi – la victime la plus proche de sa cachette.

Je me sentis soudain comme submergé : tout l'amour que j'avais éprouvé pour ma pauvre mère venait de nouveau m'inonder comme une vague. Pendant de longs mois, depuis le jour où le docteur Marlow m'avait clairement expliqué que j'étais en parfaite santé, son visage m'était revenu sans cesse et, chaque fois, j'étais forcé d'étouffer…

D'étouffer quoi ? Le manque, sûrement. La souffrance, bien sûr. Mais autre chose encore, un sentiment aussi violent et haineux que l'était cette petite poupée à deux têtes. La rancune. La colère, même. Pourquoi – je ne cessais de me poser la question – pourquoi une personne censée m'aimer et s'occuper de moi (ma propre mère, ni plus ni moins), ne m'offrait-elle qu'une vie en sourdine, pourquoi m'enfermait-elle sans raison ?

La réponse était évidente, maintenant. Et je comprenais également ce qui m'avait traversé l'esprit, le jour où j'avais pris cette poupée toute maigre qui ressemblait tant à ma mère et l'avais regardée droit dans les yeux en murmurant : « Qu'attends-tu de moi ? »

Enfin, enfin j'avais aussi la réponse à cette question.

Je devais lui pardonner.

Et à présent je le pouvais.

42

J'en éprouvai un immense soulagement, et aussitôt le courage se ranima dans mon cœur. Certes, j'étais toujours aussi déterminé à quitter High Gates. Mais pour une tout autre raison, désormais. Je commençais à me demander quels maléfices le mannequin Séverin continuait d'accomplir, maintenant que Sophie se retrouvait seule avec lui. Parlait-elle encore parfois de cette voix horrible ? L'obligeait-on à rester au lit ?

— Thomas ! m'écriai-je en lui empoignant le bras. Il faut que je retourne chez les Marlow. Conduisez-moi à la gare, je vous en prie !

— Allons, allons, objecta-t-il gentiment. Que penseraient-ils s'ils te voyaient revenir en toute hâte sans même avoir emporté les chemises que ces dames ont si amoureusement cousues pour toi, et ces souliers qui ont dû coûter si cher ?

Je consentis finalement à le suivre sous la tonnelle coiffée de rosiers, en essayant de me rassurer : mon oncle jubilait peut-être d'avoir découvert je ne sais quels secrets à la ville, mais il n'avait pas percé les miens. Je ne courais aucun danger pour l'instant. Marchant du même pas, nous passâmes la petite porte ouverte dans le mur, avant de nous engager sur le sentier qui serpentait dans les bois.

À l'autre bout de la grande pelouse, je vis mon « oncle » marcher de long en large sous le portique.

– Tu vois bien, me dit Thomas. Il a d'autres soucis que toi en tête. Il attend la carriole. Je le connais. Il ne tiendra pas en place tant qu'elle ne sera pas arrivée. Si tu veux toujours partir, tu as tout le temps de faire tes bagages.

Je levai les yeux : le capitaine continuait ses allées et venues. Et, en effet, on imaginait difficilement qu'une personne aussi frénétiquement agitée par l'attente pût penser à autre chose.

– Passe par la cour, me souffla Thomas.

Une fois dans la cuisine, je me sentis assez sûr de moi pour prendre le couloir menant dans le vestibule. J'apercevais à présent la silhouette de mon « oncle » faisant les cent pas devant la porte d'entrée ouverte. Je gravis quatre à quatre l'escalier et entassai mes affaires dans le sac du docteur Marlow, à une telle vitesse que j'étais sûr d'être sorti de la maison en moins de temps qu'il n'en fallait à une carriole pour remonter la longue allée.

Je dévalai l'escalier du grenier, traversai le palier, et là, je m'immobilisai devant la porte de la chambre de mon oncle.

Pourquoi m'arrêtai-je ? Avais-je perdu la tête ? Je crois plutôt que, emporté par ma volonté de déchiffrer pas à pas mais jusqu'au bout le mystère qui m'empoisonnait l'existence, je ne pouvais laisser passer cette occasion de voir le seul portrait encore présent dans la maison. Ne fût-ce que pour vérifier un soupçon : ce portrait devait ressembler trait pour trait à la moitié la plus effrayante de l'effigie de mon oncle par alliance.

Je me penchai par-dessus la rampe : dans le vestibule, je n'entendais que le bruit de son pas nerveux sur le perron.

Alors, je saisis ma chance. Tirant une chaise de l'alcôve, j'y grimpai pour plonger la main dans la jarre en porcelaine. Gagné ! Je sentis sous mes doigts la clef dont il pensait être le seul à connaître la cachette.

La clef tourna dans la serrure et j'entrai. Les doubles rideaux assombrissaient tellement la pièce que j'eus du mal à atteindre la fenêtre pour en écarter un. Un mince ruban de lumière vint éclairer par terre un amoncellement de paperasses, un pan de papier peint fané et, juste au-dessus, le portrait.

Il représentait le capitaine en uniforme, la poupée Séverin, avec son sourire méprisant qui semblait dire : « Qui eût cru que tu fusses assez naïf pour te laisser berner par quelques cheveux blancs ? » Je compris tout de suite pourquoi Martha m'avait parlé de ce tableau avec autant d'aigreur. Comme il m'était familier, ce sourire hautain, moqueur et malveillant qui m'avait si souvent mis au supplice, pendant nos dîners ! D'ailleurs, en le voyant je revins soudain à la réalité : j'allai en hâte refermer le double-rideau et me précipitai vers la porte.

La pièce étant de nouveau plongée dans le noir, je dus chercher la poignée à tâtons. J'effleurai de mes doigts son manteau, accroché derrière la porte, et sentis, dans une des poches, des papiers.

Chacun de mes nerfs m'envoyait le même message : *Va-t'en ! Sors d'ici tout de suite !* Mais je voulus tâter les coins de ces feuilles de papier pliées.

J'entrouvris la porte et prêtai l'oreille. Cette fois

encore, j'entendis les mêmes pas impatients aller et venir. Je dépliai les feuilles.

C'était l'écriture de Sophie.

43

Mon cher Daniel,

Quelle joie de recevoir ta lettre! Si tu savais à quel point tu nous manques! Depuis ton départ, la maison nous semble vide et triste. Même mes jeux avec les poupées ont pris très mauvaise tournure. Cette saleté de poupée Séverin est de plus en plus malfaisante, je te le jure. J'ai beau la laisser en dehors de toutes les histoires que j'invente, sa méchanceté finit toujours par s'immiscer quelque part. Je la remets dans son coffre en l'enfonçant le plus possible, mais, malgré tout, j'ai à chaque fois le sentiment que ses petits membres en bois s'agitent là-dedans; ça me fiche la trouille! Et quand je soulève le couvercle pour vérifier que je ne me fais pas des idées, elle me fixe de ses petits yeux cyniques, comme pour dire: « Non, Sophie, tu ne t'es pas trompée. Je suis en train de mobiliser mes pouvoirs. »

Une bouffée d'angoisse monta en moi. Non seulement la poupée recommençait à jouer ses vilains tours, mais en plus j'étais vraiment en danger, maintenant. Mon seul espoir était que le capitaine eût fourré cette lettre dans sa poche sans se donner la peine d'y jeter un coup d'œil et n'eût donc pas encore lu ces confidences lui apportant la preuve que je l'avais trompé.

Je retournai la lettre.

Et tout va de mal en pis. Hier, j'ai éclaté en sanglots, parce qu'il venait encore de mettre son grain de sel dans une histoire avec Hal et Topper. Quand j'ai soulevé le couvercle de la boîte, il me souriait avec un tel mépris que j'ai couru trouver Cecilia pour lui demander de me prêter ses épingles. Ensuite, je l'ai rangé dans le siège, sous la fenêtre, là où nous l'avions découvert ensemble la première fois, et j'ai cloué le couvercle avec des épingles. Eh bien, tu ne vas pas me croire, Daniel, mais dans l'heure qui a suivi, il s'est vengé en faisant sortir mère de ses gonds, à propos d'une bêtise sans importance. Du coup, au lieu de m'envoyer écosser des petits pois ou effiler des haricots verts, comme d'habitude, elle m'a enfermée dans ma chambre jusqu'au soir!

Alors, tu vois jusqu'où ça va? Je suis profondément

malheureuse. Quand cette poupée espiègle est libre, elle gâche tous mes jeux. Et quand elle est enfermée, eh bien moi aussi je dois l'être ; c'est de la méchanceté pure. On dirait qu'elle a le pouvoir de me punir en me faisant subir, à plus petite échelle, ce qu'elle subit elle-même.

Je détournai les yeux de la lettre pour essayer de me calmer. Mon cœur battait comme un fou. Pourquoi qualifiait-elle la poupée d'*espiègle* ? Bien plus qu'espiègle, elle était maléfique. Cette histoire prenait une tournure effrayante et venait confirmer mes pires craintes. Je m'obligeai à poursuivre ma lecture, en passant toutefois le paragraphe suivant où Sophie parlait d'un livre qu'elle n'arrivait pas à lire, d'une promenade qui l'avait ennuyée et des potins de l'office, pour aller directement en bas de la page où la lettre s'interrompait brusquement.

Au verso figuraient quelques phrases rédigées à la hâte :

Oh, Daniel ! Quelle surprise ! On a frappé à la porte et quand Kathleen a ouvert, elle a vu un homme, le plus sympathique qu'on puisse imaginer, expliquant qu'il était dans notre ville pour affaires. Et devine qui c'était ! Ton oncle !

Mon cœur se vida. Le capitaine ? Si loin de Londres. Comment était-ce possible ?

Alors, père l'a invité à dîner. Et il a passé toute la soirée à nous raconter combien tu te sens chez toi, là-bas, que tu es devenu expert à la pêche, que tu bavardes joyeusement à longueur de journée et que vous vous entendez tellement bien, tous les deux, que tu as décidé de rester. Je suppose que nous avons toutes fait des têtes de six pieds de long, car père nous a regardées à tour de rôle en fronçant les sourcils pour nous ordonner de nous reprendre et d'assurer au capitaine que nous étions très heureuses pour toi. Nous avons donc pris sur nous pour le persuader que nous étions contentes – mais pour ma part, je suis profondément consternée.

Ensuite, le capitaine nous a dit que, quand il avait quitté High Gates, tu l'avais supplié d'aller chercher au plus vite ta maison de poupée qui te manquait tant.

Je dus relire cette phrase. Mais c'était parfaitement clair ! Alors, peu m'importait maintenant de savoir si le capitaine avait lu jusqu'au bout la lettre de Sophie ou s'il l'avait fourrée dans sa poche sans l'ouvrir. Le secret qu'il était si fier d'avoir découvert était bel et bien *mon* secret !

De plus en plus abasourdi, je continuai à lire les pages que Sophie avait ajoutées précipitamment.

Mais moi, j'ai accusé ton oncle. « Ce que vous racontez n'est pas la vérité ! »

« Sophie ! » ont grondé les autres. Mais je n'ai pas lâché et je leur ai raconté que quelques heures auparavant, lorsque mère m'avait envoyée aux cuisines redemander de la confiture de framboises, j'avais entendu George, le transporteur, discuter avec Kathleen et Molly. Il leur racontait qu'un homme aux cheveux gris avait passé trois jours à parcourir la ville dans tous les sens, pour trouver les déménageurs qui avaient vidé Hawthorn Cottage, plusieurs mois auparavant. Il voulait les interroger. Et George disait que, lorsqu'il avait expliqué à cet homme que la maison de poupée avait été apportée ici, les yeux de l'étranger avaient lancé des éclairs et il avait frappé du poing dans la paume de sa main d'un air triomphal, comme si c'était là une excellente nouvelle.

J'étais donc sûre d'avoir raison. J'ai posé à la cantonade la question suivante : comment le capitaine Severn pouvait-il être étonné et ravi d'apprendre, de la bouche du transporteur, que la maison de poupée était ici, alors qu'au moment même où il quittait High Gates, tu l'avais supplié de venir la chercher ?

Je tremblais à présent, en poursuivant ma lecture.

En entendant cela, mon père et ma mère se sont regardés d'un air profondément perplexe. Mais presque aussitôt ton oncle a dit en riant : « Sophie est une demoiselle perspicace et j'avoue qu'elle vient de mettre le doigt sur une petite tricherie de ma part. Daniel ne m'a pas supplié, en fait. » Il s'est tourné vers père pour ajouter : « Mais je me suis souvenu que vous m'aviez dit, dans une lettre, que tous les biens de ma sœur avaient été vendus. » (Et là, père a drôlement rougi.) « Sachant qu'elle avait certainement gardé sa maison de poupée jusqu'au bout, j'espérais retrouver sa trace sans rien dire à Daniel, pour pouvoir la racheter et la lui offrir. Afin de lui faire une belle surprise. »

Et là, évidemment, mère lui assuré que nous avions gardé la maison de poupée uniquement pour Daniel et qu'il pouvait donc l'emporter. Sur quoi il a surpris tout le monde en annonçant, de but en blanc, que les transporteurs qu'il avait loués pour l'acheminer jusqu'à High Gates attendaient déjà dehors.

Nous l'avons tous regardé avec des yeux ronds. Mais, juste à ce moment, Kathleen est entrée pour dire que Molly avait encore eu un malaise et qu'elle s'était brûlé la main en tombant. Alors, père s'est levé en disant :

« Excusez-nous, capitaine Severn. Nous allons être quelque peu bousculés. Demandez donc à vos voituriers de revenir demain matin. »

Ton oncle n'était pas très content. « Écoutez, j'ai loué une couchette dans le train de nuit. J'aimerais régler cette affaire sans tarder, afin que la charrette se mette en route dès maintenant. » Père a insisté. Il a expliqué que les brûlures devaient être traitées rapidement et a reconduit le capitaine Severn à la porte. Mère lui a assuré qu'elle emballerait et chargerait elle-même la maison et la caisse contenant poupées et mobilier, dès le lendemain matin.

Et franchement, Daniel, je ne suis pas fâchée qu'elle parte. Je suis tellement contente d'être débarrassée du méchant Séverin que ça m'est égal de perdre aussi Rubiana, Hal et Mrs Golightly, et même ce brave Topper. Je suis heureuse de savoir que, dans un jour ou deux, tu les retrouveras, ne serait-ce que pour te rappeler les heures merveilleuses que nous avons passées ensemble. Je dois m'arrêter là, car Kathleen m'a promis que si je finissais ma lettre avant qu'elle ne parte, elle la donnerait au chef de gare qui la remettrait au capitaine au moment où il monterait dans le train. Et la voilà qui arrive !

Suivait un gribouillis plus qu'une signature. Mais

même s'il y avait eu une suite, je n'aurais pas pu la lire. L'effroi me paralysait le cerveau. Après avoir remis la lettre dans la poche du manteau, je sortis précipitamment. Je refermai la porte à clef et jetai celle-ci dans la jarre de porcelaine, à moitié rongé par la peur en comprenant que, depuis le moment où le capitaine avait parlé à George, le transporteur, il était clair que je lui avais menti.

Pire encore ! Mon oncle savait désormais que l'objet de sa convoitise était en route. Tant qu'il ne l'aurait pas entre les mains, il préférerait faire mine d'ignorer mes dérobades et mes tricheries. Mais lorsque la carriole arriverait avec la maison de poupée, il ouvrirait le siège sous la fenêtre qu'il croyait être une cachette si sûre...

Et il me mettrait en bouillie, car je n'avais plus de secret à révéler.

Je rangeai la chaise dans l'alcôve et me penchai par-dessus la rampe.

Le capitaine ne faisait plus les cent pas. *Vite ! Vite !* m'ordonnai-je. *Fiche le camp d'ici tout de suite !*

Je descendis par l'escalier de service. Une fois dans la cuisine, je poussai la porte de derrière pour jeter un coup d'œil dans la cour. Parvenu à la barrière, je scrutai les alentours.

Personne en vue.

Pressé de trouver Thomas, j'avançai jusque dans l'ombre des arbres et fis le tour du parc, sans oser l'appeler, m'arrêtant seulement de temps en temps pour reprendre haleine ou prêter l'oreille à d'éventuels coups de bêche ou de râteau sur les graviers.

J'atteignais la haie de hêtres lorsque j'aperçus une ombre dans une courbe du chemin ; je tournai la tête juste à temps pour voir un éclat de soleil miroiter dans la bêche de Thomas, au moment où elle s'engageait dans le Passage du Diable.

Enfin j'avais trouvé Thomas !

Mais où était donc le capitaine ? Avait-il perdu patience et filé vers le portail, au-devant de la charrette ? Ou m'espionnait-il, caché dans quelque coin sombre ? Prêt à tout pour éviter d'être repéré au moment même où j'allais pouvoir m'enfuir, je pris le temps de contourner la haie par l'extérieur.

Puis je passai l'entrée. Je parcourus à toute vitesse le chemin circulaire, un tour, encore un tour, je m'enfonçai dans la spirale et enfin j'entendis un bruit de bêche creusant la terre.

J'y étais presque ! Je courus comme un fou, dérapai dans la dernière courbe et faillis m'étaler en arrivant dans la clairière inondée de soleil.

La lame de la bêche s'enfonça dans le sol, sous mes yeux.

– Thomas ! Laissez ça et aidez-moi ! C'est la catastrophe ! Le secret que le capitaine a découvert c'est mon secret, en fait ! Et je connais le sien ! Je suis en danger de mort !

44

La main qui s'était abattue sur moi m'encercla aussitôt le poignet. Une main de fer.

— Bravo! railla-t-il. Je crois que tu es comme ta mère: tu as un don pour deviner l'avenir, surtout le tien!

Quel imbécile j'avais été! Je voulus me dégager mais le capitaine Severn me tenait fermement. Je levai les yeux pour regarder au bout de la clairière, où les pierres tombales se dressaient dans la lumière du soleil. Puis, plus bas, je vis les premières pelletées de terre fraîchement retournée.

Aussitôt une phrase qu'il avait prononcée me revint en mémoire: «Tu ne peux pas savoir comme j'ai hâte de te voir dans le Passage du Diable.»

Mon sang se glaça. Cet homme était en train de creuser ma tombe!? Je me débattis férocement.

— Laissez-moi partir!

Il ricana.

— Pardon. Mais tu n'imagines tout de même pas que je vais renoncer à mes projets et oublier mon objectif, juste parce qu'un petit vaurien dans ton genre me l'ordonne ?

— Quels projets ? Quel objectif ?

Je continuai à me débattre et lui à me serrer de plus en plus fort.

— Allons, retournons à la maison. J'ai une mission pour toi.

— Quelle mission ?

— Écrire un mot que je vais envoyer à tes chers amis, les Marlow. Son sourire était implacable.

— Un petit mot d'adieu que tu m'as gentiment laissé pour me remercier de ma gentillesse et m'annoncer que, désireux de suivre mon brillant exemple, tu as décidé de devenir marin. (Il gloussa encore une fois.) Et que tu pars pour toujours.

— Jamais je ne ferai une chose pareille !

Le ricanement cessa. Sa voix se fit coupante.

— Je peux t'assurer que si !

Il me tira violemment par le bras. Mes pieds raclaient le sol et arrachaient la mousse : il me traînait aussi facilement qu'il aurait charrié une bûche pour la cheminée. Je voulus appeler Thomas, mais avant que mon cri ait pu sortir, le capitaine Severn m'avait bâillonné la bouche de sa main libre. Il marchait maintenant à reculons pour remonter le chemin en spirale, me tirant toujours entre les sombres parois végétales. Je voyais tourner au-dessus de moi des morceaux de ciel. J'essayais de planter mes talons dans le gravier recouvert de mousse pour ralentir notre progression dans le Passage du Diable.

Je résistai ainsi tout le long du chemin jusqu'à la maison et encore à l'intérieur. Tandis qu'il me faisait avancer de force en direction de l'escalier, je donnais des coups de pied en tous sens, pour renverser des chaises, et je cherchais à attraper des objets au passage, dans l'espoir que ce remue-ménage attirerait Martha hors de la cuisine.

Mais il était assez costaud pour me prendre à bras-le-corps. Je résistai de toutes mes forces. Hélas, sans plus de succès que si j'avais été un enfant de cinq ans. En une minute nous étions arrivés sur le palier du premier étage et il me faisait passer de force par la porte de l'escalier du grenier.

Le verrou émit un grincement sinistre quand il fut tiré.

Sa voix me parvint, à peine étouffée, à travers la porte :

— Tiens ! Fais donc le pied de grue, en attendant que j'aie fini mon travail.

Creuser ma tombe ? Son *travail* ? La peur me donnait la nausée, pourtant, dans un ultime effort de volonté, je réussis à la surmonter pour crier cet avertissement :

— Thomas et Martha savent que vous êtes un assassin !

— Que veux-tu que cela me fasse ? rétorqua-t-il d'un ton tranquille. Je bouclerai le Passage avec des chaînes tellement solides que le diable lui-même ne pourra pas entrer pour voir mon œuvre, et après je renverrai ces deux vieux fous. Quant aux autres accidents qui ont eu lieu dans cette maison, ils ne peuvent rien prouver !

En l'entendant redescendre l'escalier de son pas lourd, je me jetai contre la porte du grenier. Elle était petite mais résistante. Il fallait que je trouve quelque chose pour l'enfoncer. Un pied de lampadaire bien lourd ou un outil rouillé ?

Je fouillai une à une les pièces du grenier remplies d'un fatras poussiéreux. En vain : je ne trouvai que quelques vieilles chaises dont les pieds vermoulus ne pouvaient servir à rien. J'allais rester enfermé en attendant qu'il achève sa sinistre besogne et revienne me forcer à écrire la lettre dont il avait besoin pour brouiller les pistes.

Ensuite, il ne ferait de moi qu'une bouchée.

Comment sauver ma peau ?

Ce fut cette pensée qui me délivra. L'expression même me rappela quelque chose. Qu'avait dit ma mère à Martha, un jour ? Que si cette maison de poupée était vraiment parfaite, elle permettrait à un être cher de sauver sa peau.

Sophie avait fait glisser la trappe coulissante ! Elle avait fait grimper notre brigand sur le toit pour qu'il redescende jusqu'en bas, en s'agrippant au lierre. L'idée de regarder en bas d'une telle hauteur me donna le vertige. Mais ce n'était pas le moment de se trouver mal, ni de manquer de courage. Il me restait peu de temps pour me sortir des griffes du capitaine, et si c'était là le seul moyen, eh bien je me lancerais.

Je sortis de ma chambre la table branlante et la tirai jusque sous la trappe pour monter dessus et voir comment cela se présentait.

Il n'y avait pas de loquet. Pas de crochet. Pas de taquet. Rien que l'on pût pousser, tourner ou soulever pour faire coulisser la trappe.

Étais-je sur une fausse piste ? Je cherchai encore

pourtant, examinai la trappe attentivement, fis courir mes doigts tout autour. S'il y avait moyen de faire bouger cette lourde trappe en bois, je devais forcément voir ou sentir quelque chose.

Et tout à coup… voilà, j'avais trouvé. Un orifice aussi minuscule qu'un trou de ver de bois. Y avait-il, à l'intérieur, un genre de ressort ? Mais comment l'atteindre ? Mon petit doigt était cent fois plus gros que ce trou de la taille d'une maille de dentelle.

Une maille de dentelle !

Je plongeai la main tout au fond de ma poche. Il était là, l'ultime et le plus précieux cadeau de ma mère : le délicat petit étui d'ivoire.

Je fis glisser les crochets dans la paume de ma main. Celui-ci ? Non ! Celui-là ! On eût dit qu'il avait été fabriqué rien que pour cela ! Je me calai bien en équilibre sur la table, levai le crochet à bout de bras et le glissai dans le petit trou.

J'entendis un déclic. La trappe coulissa sur le côté, dégageant un espace de la largeur d'un doigt. C'était gagné ! Introduisant mes deux pouces dans la fente, je fis glisser le panneau.

La trappe s'ouvrit comme si elle avait été huilée la veille, et je fus aveuglé par un rai de lumière filtrant entre deux tuiles.

Maintenant, je n'avais plus qu'à grimper là-haut. Lorsque je pris mon élan pour me hisser dans l'ouverture de la trappe, la table bascula et dévala les escaliers. Ainsi disparaissait l'indice révélant par où je m'étais enfui. Je remis soigneusement la trappe en place, sachant que s'il ne voyait rien d'anormal ou d'inhabituel au-dessus de sa tête, mon oncle perdrait de précieuses minutes à me chercher dans les différentes pièces du grenier, furieux que sa proie se fût volatilisée.

Ensuite, je rampai dans les combles, sur les solives pleines d'échardes, jusqu'à une seconde trappe plus grande qui donnait, elle, sur le toit.

45

Oh ce garde-fou ! Il me paraissait haut d'au moins un kilomètre ! On voyait jusqu'à Illingworth, et je préférais d'ailleurs regarder au loin plutôt qu'en bas.

Mais j'avais peu de temps pour tergiverser et rassembler mon courage. Mon oncle pouvait jeter un coup d'œil vers la maison et apercevoir ma silhouette se découpant contre le ciel. Aussi, plutôt que de rester debout, je me mis à genoux et rampai jusqu'à l'endroit où je savais le lierre assez épais pour supporter mon poids, c'est-à-dire tout au bout de la maison, là où se trouvaient, sur la maison de poupée, les entrelacs de lierre en bois de poirier sculptés jadis par Thomas.

Le lierre, déjà robuste à l'époque, était sûrement devenu solide comme le fer.

Je me mis à cheval sur le garde-fou. *Vas-y !* m'ordonnai-je. *Si Simple Jack pouvait grimper et descendre le long d'un haricot magique**, tu dois en être capable aussi !

Au début, j'eus beaucoup de mal à trouver mes prises, dans le lierre. Mon cœur cognait à grands coups. Le plus infime froissement de feuilles me plongeait dans l'effroi. Je continuai pourtant à descendre, un pied après l'autre, une main sous l'autre. Je n'osais pas regarder en bas, ah, ça non ! Au contraire, je collais mon visage aux rameaux de lierre hérissés de poils, en me forçant à penser que j'étais le héros d'un de mes vieux livres d'enfant, un garçon intrépide qui grimpait aux arbres, sautait des ponts et pagayait dans des rivières.

Je m'encourageai mentalement : *Vas-y, descends encore.* Je voyais maintenant, de chaque côté, les fenêtres à vantaux et cela me mit du baume au cœur. Car même si elles étaient trop loin pour que je puisse les atteindre, elles me montraient que je progressais. Si je continuais, de minute en minute, je me rapprocherais de mon salut.

Je repris ma descente, en choisissant bien mes

---

* *Jack et le Haricot magique* : conte populaire dont le héros, Simple Jack, grimpe à plusieurs reprises tout en haut d'une tige de haricot magique. (NdT) prises, un pied, une main, l'autre pied, l'autre main, et ainsi de suite.

Quand je fus presque arrivé en bas, je me retournai pour vérifier qu'il n'y avait personne dans les parages, puis je glissai encore un peu et touchai enfin le sol.

Et je quittai High Gates en passant par la porte du mur d'enceinte qui menait à la chaumière de Thomas. Je griffonnai des adieux, puis, plutôt que de contourner le mur pour prendre la route depuis le portail, où je risquais d'être aperçu par le capitaine ou ses aigles en faction sur les piliers, je coupai directement à travers champs et collines. Un peu plus loin, de l'autre côté du bois, je devais retomber sur la route d'Illingworth.

Ce que j'éprouvais, alors ? J'avais très peur, bien sûr. Mais en même temps je sentais au fond de moi un tressaillement de bonheur. Je repartais ! J'allais sauter dans le train, acheter un billet auprès de l'agent de train, m'asseoir en toute sérénité, sain et sauf, satisfait, comptant les minutes et les heures que j'allais passer à accomplir, en sens inverse, ce long voyage de retour que je n'avais jamais demandé à faire.

J'allais enfin me retrouver là où j'aspirais à revenir

depuis le jour de mon départ. Tout en parcourant la campagne vers Illingworth, avec son clocher pour point de repère, j'imaginais ce retour tant attendu. Je traverserais le jardin des Marlow, frapperais à la porte d'entrée. Celle-ci s'ouvrirait et alors, la surprise serait telle que cette pauvre Molly manquerait d'avoir encore un de ses malaises ! Amusé de la voir ainsi bouche bée, j'entrerais dans le hall. Elle prononcerait mon nom avec autant de stupéfaction que si elle avait vu un revenant, et à ce moment-là des membres de la famille sortiraient de toutes les pièces de la maison. « Daniel ? C'est vraiment toi ? Oh, quelle joie ! »

Je serais enfin chez moi.

Je ralentis tout à coup. Avais-je dit *chez moi* ? Il avait dû s'opérer une véritable métamorphose pour que, au bout de quelques mois seulement, cette expression ne me renvoyât plus l'image de ma mère assise près de mon lit dans la petite chambre où je m'étiolais depuis des années, mais celle d'une maison claire et spacieuse, pleine de frous-frous et de rubans, éclatante de rires et de joie de vivre.

J'avançais plus lentement, à présent, absorbé dans mes pensées. Que de choses avaient changé, depuis le jour où j'avais quitté la maison de ma mère, tout chancelant, au bras du docteur Marlow ! Je n'étais plus le même. Le vieux dicton a raison, songeai-je. C'est ta façon de vivre qui fait de toi ce que tu es.

J'en vins à penser à mon oncle par alliance. Sa méchanceté résultait peut-être de tout le mal qu'il avait fait (comme un muscle, il l'avait tonifiée en faisant tel ou tel choix, tout au long de sa vie), et elle était devenue une seconde nature. Voilà pourquoi il avait rapporté de ses merveilleux voyages non pas des soies splendides, des épices ou des contes merveilleux de dauphins frétillants et de minarets dorés, mais un bonhomme de bois que l'on avait imprégné de magie et de pouvoirs maléfiques.

Peut-être…

Quelque chose attira mon attention. Que voyais-je au loin ? Un minuscule nuage de poussière venant d'Illingworth – et à un train d'enfer. C'était une carriole qui bringuebalait et grondait sur la route crayeuse.

Estimant plus prudent de ne pas me montrer encore, je me jetai dans un talus pour la regarder passer. Et, par le plus grand des hasards, lorsque je me retournai, un coup de vent souleva la lourde bâche, laissant voir, contre le ciel argenté, la silhouette que je connaissais depuis toujours et que je continuerai à voir en rêve jusqu'à la fin de ma vie.

La maison de poupée. Dans la dernière ligne droite de son long voyage.

Même aujourd'hui, je ne saurais expliquer la suite des événements. Je crois que j'ai perdu la tête. Il n'était pas question que cette poupée démoniaque se retrouve entre les mains de mon oncle. À cause d'elle, ma mère avait perdu le sens commun, au point de m'enfermer comme dans un tombeau. Elle jetait partout alentour son ombre noire et malfaisante. Sous son influence, la plus inoffensive de mes poupées de bois, Mrs Golightly, s'était pendue, sinistre présage du suicide de ma propre mère. Elle avait fait de Mrs Marlow, l'amour et la patience même, une mère capable de consigner Sophie dans sa chambre pour une vétille. Miséricorde ! Cette maudite marionnette avait même réussi à transformer les jeux candides de Sophie en scénarios macabres et cruels.

Dieu sait ce qui allait se passer une fois que mon oncle l'aurait récupérée – une fois que la méchanceté et la malfaisance se donneraient la main.

Cette idée m'était insupportable.

Je me mis à courir derrière la charrette et, d'un bond léger, je sautai dedans. Je soulevai la bâche pour dévoiler la façade de la maison, pleine de poussière. Je cherchai à tâtons le crochet, l'ouvris, avançai les mains vers le siège capitonné installé sous la fenêtre, où se trouvait l'odieux pantin.

Sophie l'avait solidement épinglé. Je fouillai dans ma poche pour trouver le petit étui en ivoire de ma mère en me disant qu'à coup sûr, avec deux crochets, j'arriverais à soulever ce siège.

La carriole bringuebalait sous les cahots. Par deux fois je fus projeté sur les côtés et à chaque fois je me piquai les doigts avec les crochets. Je saignais, mais ce n'était pas cela qui m'arrêterait. Je glissai les petits crochets pointus sous le couvercle du siège pour les actionner comme un levier.

Voilà ! J'avais réussi. La poupée Séverin était là. Et je jure que ses yeux, qui n'étaient pourtant que deux petites taches de peinture, me fixaient avec une haine bien vivante. Lorsque je l'empoignai, je sentis une violente brûlure irradier dans tout mon bras. Puis, autour de moi, l'atmosphère devint subitement froide et sombre, comme si un nuage monstrueux venait de faire obstacle à la lumière et à la chaleur.

Il m'était très difficile de tenir la poupée. J'avais beau la serrer de plus en plus fort, cet objet diabolique semblait vouloir m'échapper brusquement.

La charrette continuait d'avancer dans un bruit de ferraille. J'essayai de maintenir la poupée par terre, sur le fond de la carriole. Étaient-ce seulement les cahots de la route qui nous envoyaient valdinguer d'un côté à l'autre et me faisaient basculer de droite et de gauche ? J'étais vraiment en colère. Oui ! Cette poupée pouvait transmettre ses sentiments à quiconque se trouvait près d'elle. C'était la méchanceté montée sur ressorts. Un volcan de fureur en éruption.

Mais comme je la serrais de toutes mes forces, j'étais dans le même état. Son énergie passait en moi et me faisait grincer des dents, je grondais et ricanais d'un air sardonique en scrutant la chose étrange qui bouillonnait de rage dans ma main.

– Oh non ! Tu n'auras pas le dessus ! Tu vas arrêter de te débattre. Bientôt tu ne bougeras plus !

De nouveau je la cognai de toutes mes forces contre les planches du fond de la charrette. Or, dans ma hâte et dans ma rage, je l'avais flanquée juste là où gisaient les crochets de dentellière de ma mère.

Un crochet d'acier très fin transperça le cœur de la poupée.

Ma vue se brouilla. Une vive douleur me parcourut le bras et tout le corps, me coupant le souffle. Tout se mit à trembler autour de moi. J'entendis un hurlement sinistre, comme si quelque géant était à l'agonie. Avec les balancements de la charrette, on eût dit que le monde lui-même vomissait de rage ; et en une fraction de seconde, je fus précipité, les mains vides et les quatre fers en l'air, sur la route blanchâtre.

Le charretier, qui dut sentir un changement dans la charge, se retourna sur son siège. Me voyant assis dans la poussière, il secoua la tête, comme pour dire : « Regardez-moi ce malappris ! Ça se fait transporter gratuitement et ça ne dit même pas merci. »

Après quoi, sans plus y penser, j'imagine, il fouetta son cheval et continua vers High Gates.

46

Je me levai d'un bond. Je n'avais aucune chance de rattraper la charrette avant qu'elle ne franchît le portail gardé par les deux aigles. Et de toute façon, je devais me dépêcher d'aller prendre le train. Seulement, j'hésitais. J'hésitais entre poursuivre ma route et rebrousser chemin. N'était-ce pas lâche de filer vers Illingworth ? Mais je me sentais tellement poltron à cet instant. Dans mon indécision, il me sembla entendre l'écho du jugement très dur que j'avais porté sur mon père et ma mère : « Ils ont été lâches, l'un comme l'autre ! »

Ma mère, je lui avais pardonné. Quant à mon père, je me rendais compte maintenant que Thomas avait raison de dire qu'un jour je comprendrais comment un homme pouvait en avoir plus qu'assez de fuir le diable. Mon père avait été fidèle et endurant pendant des années et des années. Et voilà que moi je m'apprêtais à fuir, au bout de quelques semaines à peine !

Manquais-je moi aussi de courage ?

Un autre souvenir me revint à l'esprit : le jour où le docteur Marlow m'avait pris à part, dans son bureau, pour me prévenir que le moment était venu pour moi d'entreprendre ce long voyage qui fait découvrir la vie, et que je devais être courageux.

De plus, Martha et Thomas s'étaient montrés bons envers moi – et envers ma mère ! Comment aurais-je pu rester bien au chaud dans le train à regarder le paysage défiler, laissant derrière moi ces collines et ces vallons, sans m'assurer qu'ils étaient saints et saufs, tous les deux ?

Non, je devais m'armer de courage.

Alors je rebroussai chemin, avec mes bleus, mes égratignures et ma frayeur. Je suivis la route qui menait droit à High Gates, franchis le portail entre les aigles aux ailes déployées, pour m'enfoncer ensuite entre les arbres et suivre les chemins tortueux que je connaissais si bien. Je ne vis pas la charrette et, supposant que le capitaine l'avait fait entrer dans la cour, je pris cette direction.

Mais en suivant le sentier qui menait vers l'arche, je remarquai que la porte d'entrée ouverte.

Était-ce mon oncle ? M'avait-il aperçu, dans l'ombre du bois ?

Non, c'était Thomas. Il sortait sur le perron, d'un pas chancelant et l'air hagard, comme en état de choc.

Que se passait-il ? Était-il blessé ? Avait-il un couteau planté dans le dos, pour vaciller ainsi ? Il semblait respirer difficilement. Il s'adossa à un pilier.

Sans même penser que le capitaine pouvait être sur ses talons et que je risquais d'être poignardé moi aussi, je courus vers lui.

– Thomas ! Vous être blessé ? Qu'est-ce qu'il vous a fait ?

Sa respiration haletante l'empêchait de parler, mais il secoua la tête.

– Laissez-moi voir !

Tandis qu'il cherchait à retrouver son souffle, je le fis légèrement se pencher vers l'avant pour tâter sa veste, devant et derrière. Mais ne trouvant ni trace de sang ni blessure, je le laissai finalement s'adosser de nouveau au pilier, les jambes écartées.

– Thomas ?

Que voyais-je sur son visage ? Une grimace de douleur ?

Pas du tout. Il souriait !

— Thomas ? le suppliai-je.

Lorsqu'il eut enfin retrouvé son souffle, Thomas raconta.

— Le capitaine m'avait ordonné d'aller couper du bois près de la rivière. Quand j'ai pris la brouette, la roue s'est mise en travers, je suis donc revenu sur mes pas pour la réparer et c'est là que, par le plus grand des hasards, je l'ai vu sortir du Passage du Diable avec une bêche.

— Et vous saviez pourquoi il avait une bêche !

— Il faudrait être un idiot complet pour imaginer qu'il avait passé son temps à ramasser des feuilles mortes. Je craignais le pire, alors je l'ai suivi vers la maison.

— Où il voulait me faire la peau !

— Ça, j'en étais sûr et certain. Du reste, il était tellement pressé de commettre son monstrueux forfait qu'il montait les marches quatre à quatre. Je me suis dépêché de le rattraper et, vraiment, je faisais un tel bruit en montant derrière lui qu'il aurait dû m'entendre, même s'il est dur d'oreille. (Thomas secoua la tête.) Mais non ! Ton oncle ne pensait qu'à son crime, il ne s'est même pas retourné. Il a tiré le verrou et a disparu dans le petit escalier vers ta chambre. J'avais entendu son cri de guerre : « J'arrive, mon garçon ! Ta tombe est prête. Alors maintenant tu vas rédiger, de ta plus belle écriture, le petit mot qui va me sauver. Et ensuite, adieu à jamais ! »

Frissonnant à cette seule évocation, Thomas continua.

— J'ai attendu, dans l'idée de monter à pas de loup et de lui sauter dessus quand il te forcerait à écrire. Mais je n'ai entendu que des portes claquer, des tables et des chaises qu'on renverse et des hurlements hostiles : « Ma parole, tu t'es transformé en rat pour disparaître derrière les murs ? Montre-toi, sale garnement ! »

Je ne pus m'empêcher de lancer, triomphant :

— Eh oui, je m'étais sauvé !

Thomas me regardait en secouant la tête, éberlué.

— Je n'osais même pas espérer que tu connaissais le secret de la trappe, ni même que tu arriverais à l'ouvrir.

J'aurai tout le temps, me dis-je, de lui raconter comment l'entêtement de la petite Liliana, ma mère — « Je veux qu'elle soit parfaitement identique, jusqu'à la moindre trappe et la plus minuscule lucarne ! » — m'avait sauvé la vie.

Je me contentai donc de murmurer.

— Oui, je m'étais sauvé.

Thomas reprit son récit.

— Alors là, branle-bas de combat! Quand je suis arrivé en haut des escaliers et que j'ai jeté un coup d'œil par une fente de la porte, j'ai vu ton oncle, furieux et désemparé, qui marmonnait: «Ce sale petit morveux! Il s'est échappé! Mais comment? Par où?» Je l'ai vu frapper de son poing la paume de sa main et se précipiter à la fenêtre pour voir si tu n'étais pas en bas.

— Vous auriez dû le pousser!

— Je t'avoue que ça m'a démangé, mais j'ai été distrait par autre chose. Figure-toi que, tout à coup, le capitaine s'est penché encore plus loin, et que par-dessus son épaule j'ai aperçu un minuscule nuage de poussière sur la route, vers Farley Down.

— La charrette!

— Oui, elle s'approchait. Et quand elle a été dans la ligne droite qui mène à High Gates, son œil perçant a dû apercevoir une forme familière, car il s'est mis à crier: «La maison de poupée! La voilà enfin!»

— Il devait jubiler, commentai-je, non sans aigreur. L'objet si cher à son cœur, enfin de retour.

— Jubiler, c'est peu dire! Il était en extase. Il s'est prosterné, comme quand on prie à l'église, tu sais. «Oh, dépêche-toi, dépêche-toi!» il criait. Je t'assure,

Daniel, on aurait dit une mère appelant son fils parti à la guerre dix ans plus tôt. Il n'arrêtait pas de murmurer : « Vite ! Reviens-moi ! Oh, dépêche-toi ! »

Une fois encore, je me revis assis avec Sophie, ce fameux jour, à l'église : « Les passages du diable sont les chemins les plus ordinaires. Croyez-moi... Car le diable ne peut arriver à ses fins sans votre aide. Il ne triomphe que si vous lui ouvrez la porte. »

Je regardai attentivement Thomas.

— Vous l'avez entendu demander à quelqu'un ou à quelque chose de venir à lui ?

— Supplier, Daniel, supplier !

Mon cœur se mit à battre plus fort.

— Et ensuite ?

— Par-dessus son épaule, je voyais la carriole cahoter vers chez nous. Et tout à coup, elle a tangué un peu et un autre nuage de poussière s'est élevé derrière elle, comme si elle avait perdu une partie de son chargement. Au même moment, ton oncle a poussé un cri épouvantable, un hurlement de douleur qui m'a glacé le sang et puis il a levé les bras et il est tombé de toute sa hauteur, comme s'il avait été poignardé.

Je revis le petit crochet de dentellière.

— Poignardé dans le dos ?

— Exactement.

Thomas écarta les bras.

— Mais il n'y avait rien ! Rien ! Et là-dessus il a crié : « Non, non ! Pas moi ! Pas moi ! »

Je vis Thomas frissonner.

— Il s'est tortillé de douleur assez longtemps, c'était terrible, puis il a eu un dernier soubresaut. Ensuite il n'a plus bougé.

Mon cœur bondit.

— Alors, il est mort ?

— Je ne suis pas docteur, Daniel. Pour moi, il est rétamé comme un chien qui a pris un coup de fusil. J'ai appelé à l'aide, mais avec le bruit de la charrette qui arrivait, Martha ne m'a pas entendu. Alors j'ai dégrafé son col de chemise et j'ai retourné son corps.

Thomas me saisit les mains en murmurant :

— Daniel, ses yeux sont exorbités comme s'il voyait les gouffres de l'enfer.

Nous restâmes assis sans rien dire pendant une ou deux minutes, au bout desquelles le brave homme se ressaisit. Il fit mine de s'ébrouer, comme pour se défaire d'un affreux souvenir qui devrait le hanter toute sa vie, puis il passa son bras autour de mes épaules et me dit gravement :

— Et je m'en réjouis.

47

La charrette était dans la cour. Thomas s'en approcha pour soulever la bâche qui cachait son chargement.

Je vis son regard attendri. Il sortit de sa poche un chiffon qu'il passa sur le portique miniature et le lierre.

— Eh bien, dit-il à voix basse, à part la poussière, elle est presque en aussi bon état que si je l'avais faite hier.

Le transporteur n'étant pas là, il me dit :

— La voilà enfin de retour chez nous. Viens, tu vas m'aider à la sortir.

J'eus, malgré moi, un mouvement de recul.

— Daniel, me réprimanda Thomas. Le transporteur doit aller chercher un docteur pour s'occuper du corps du capitaine. Il ira plus vite à vide.

Je l'aidai donc à faire glisser la maison de poupée vers l'arrière de la charrette, puis, prenant une bonne inspiration pour nous préparer à l'effort, nous la soulevâmes et la posâmes par terre.

Thomas alla chercher Martha ; mais ils se croisèrent, comme les deux personnages d'une horloge suisse : lorsque Thomas entra dans la cuisine, Martha sortit d'une remise avec une bouteille de liqueur pour offrir un verre au transporteur.

— Ça alors, la maison de poupée !

Posant la bouteille de liqueur sur un rebord de fenêtre, elle se précipita puis releva ses jupes, comme si elle venait de marcher sur quelque chose de précieux.

Je la regardai se baisser. Elle était à deux doigts de ramasser la poupée Séverin, lorsque j'eus la présence d'esprit de hurler :

— N'y touchez pas, Martha !

— Mais, Daniel...

— Non, Martha, cette poupée n'est pas comme celles que vous connaissez si bien. Elle a changé !

— Changé ? Comment une poupée peut-elle... ?

Mais je l'obligeai à s'écarter un peu pour pouvoir retourner la poupée du bout du pied.

Martha vit dépasser de son dos quelque chose qu'elle connaissait bien aussi.

— Ça alors... on dirait le crochet à dentelle de Liliana !

Ses vieux chagrins se réveillèrent en voyant cet objet qui lui avait été si familier. Elle devint toute pâle. Un énorme sanglot s'éleva dans la cour et secoua violemment les épaules de Martha. Ses genoux se dérobèrent sous elle et, malgré mes efforts pour la retenir, elle s'effondra.

Thomas accourut. Et, jugeant sans doute d'un coup d'œil que je n'étais pas assez costaud pour l'aider, il appela le charretier. Celui-ci passa la tête par la porte de la cuisine, vit Martha évanouie sur les pavés et se précipita dans la cour.

Les deux hommes la hissèrent sur la carriole.

– Conduisez-la jusqu'à l'entrée principale. On va la transporter dans le vestibule, elle sera mieux là-bas, il y fait plus frais. Je vais chercher de quoi l'installer pour qu'elle se repose et on se rejoint sur le perron.

Thomas disparut dans la cuisine. Le charretier renversa d'un coup de pied le seau d'eau où s'abreuvait son cheval qu'il prit par la bride pour le conduire jusqu'à la porte principale de la maison.

Je restai seul, les yeux rivés sur la chose monstrueuse qui gisait à mes pieds. Cet objet que, des années auparavant, mon oncle avait rapporté de son premier et mystérieux voyage en mer, après l'avoir fait ensorceler. Il voulait le mettre au service de sa cupidité. La poupée et lui étaient censés œuvrer comme une seule et même personne pour réaliser ses obscurs projets. Mais, du fait de leur séparation, quelque chose s'était déréglé. Peut-être parce que son maître était trop loin d'elle, la petite idole vaudou avait exercé sa méchanceté à sa façon. Ses rêves pernicieux s'étaient insinués dans la tête de ma mère pour la rendre folle et l'entraîner dans une mort prématurée. Elle avait fait parler Sophie avec d'effrayantes intonations qui ne pouvaient être les siennes. Elle avait transformé nos jeux pour y faire planer l'ombre de sa cruauté. Ses pouvoirs avaient semé une haine gratuite et fait tomber tous ceux qu'ils touchaient, et tout cela pour rien.

Je comprenais maintenant pourquoi mon oncle par alliance tapait aussi violemment sur la table et rongeait son frein : il fallait qu'il la récupère par tous les moyens. Une fois entre ses mains, le mal eût probablement tourné comme une boussole pour retrouver le nord et reprendre sa mission : haïr et blesser, mais aussi se lancer dans les actions les plus bassement malhonnêtes : vol, détournement de fonds, escroqueries en tout genre. Jusqu'à quelles extrémités serait-il arrivé, dans ce monde, avec l'aide de la poupée ? Quels abominables pouvoirs aurait-il acquis ? Quel vent de folie destructrice aurait-il déclenché ?

Heureusement, il était mort avant de pouvoir exploiter pleinement ses pouvoirs maléfiques, avant d'exercer sa malfaisance à grande échelle, dans une sphère plus vaste dont il se voulait le maître absolu.

Il avait succombé, comme un serpent qui mourrait par son propre venin.

48

En laissant derrière lui cette petite chose diabolique. Que fallait-il en faire ? Tout en y réfléchissant, je la ramassai pour en extraire le crochet de dentellière de ma mère. Dès que je sentis entre mes doigts cette maudite poupée, tout mon corps fut traversé par une violente décharge ; et je sortis de mes gonds. Je me mis à secouer la poupée, comme un pingre s'en prendrait à une belette qui vient de lui voler des œufs.

— Tous ces problèmes ! sifflai-je. Toute cette souffrance, toute cette douleur ! Ces vies gâchées ! Tout ça à cause de toi !

Quelle ne fut pas ma terreur, alors, de m'apercevoir que cette chose monstrueuse m'avait entendu et qu'elle comprenait ce que je disais ! Je la sentis se tortiller dans ma main et je compris, moi, que même sculptée dans un morceau de bois, cette chose était vivante !

Mais ma fureur fut plus forte que mon épouvante. Tout de même, me dis-je, ces sortilèges ne sont pas au-dessus de toutes les lois de la nature. Et le bois, ça brûle !

La poupée continuait à se contorsionner dans ma main. Je la serrai encore plus fort et l'emportai dans la cuisine. J'ouvris le fourneau, la jetai dans le feu et refermai vivement la porte.

– Voilà, lançai-je d'un ton rageur. Puisque tu viens de l'enfer, eh bien retournes-y !

À l'intérieur, j'entendais les sifflements frénétiques de la sève chauffée à blanc. Et tout à coup la porte du fourneau se rouvrit. La poupée se tortillait si fougueusement dans les flammes que l'on eût pu la croire faite de chair et d'os. Comment un bout de bois en feu pouvait-il tressauter et se convulser ainsi ?

C'est alors que ce monstrueux démon sortit du fourneau. Sous mes yeux, il sauta sur le carrelage !

Et là, comme sous l'emprise d'une réelle souffrance, il se mit à danser dans un jaillissement d'étincelles ; il semblait siffler et hurler de douleur. Avec le recul, je m'étonne aujourd'hui d'avoir été assez téméraire pour rester là à contempler ce spectacle. Cette chose maléfique aussi pleine d'énergie que n'importe quelle créature vivante. Mais moi, je tenais tellement à la voir disparaître une bonne fois pour toutes que j'aurais été jusqu'à attendre devant les portes de l'enfer pour assister à son entrée dans le royaume des morts.

Elle avait beau être toute petite, brûlée, carbonisée même, elle se débattait toujours. J'empoignai un balai et, à chaque fois que ce maudit démon tentait de s'échapper, je le ramenai au milieu de la cuisine.

Là, il continuait à brûler, en se tordant en tous sens, et, à chacun de ses bonds, de petites escarbilles s'échappaient et s'éteignaient sur les dalles de pierre. Aussitôt, ce qu'il restait de la poupée s'embrasait de nouveau puis redevenait noir. Il s'en dégageait une odeur putride, aussi abominable que si l'on avait mis le feu à un énorme tas de fumier. Une fumée âcre avait envahi la pièce, un nuage épais à travers lequel il devenait difficile de voir les dernières braises en train de brûler.

Puis ce fut fini. Il ne restait plus sur les dalles qu'un petit tas de cendres aussi blanches que les cheveux du capitaine. On eût dit que son effigie miniature était passée à travers la pierre pour descendre directement en enfer.

Je commençais à suffoquer dans cette fumée qui me brûlait les poumons. J'allais pour sortir respirer l'air frais, lorsque je vis, entre moi et la porte, un serpentin de flammes qui avançait à vue d'œil. Dans son agonie, l'horrible poupée avait jeté une pluie de flammèches qui avaient mis le feu au tas de brindilles et d'écorces posées près du seau à bûches.

Sous mes yeux, le feu gagna les torchons qui dépassaient du panier de linge sale puis, ondoyant comme un serpent, il alla mordre un drap que Martha avait mis à sécher sur un fil. Un craquement, derrière moi, me fit tourner la tête : une des braises tombées du fourneau quand la poupée déchaînée en était sortie et venait d'embraser une pile de journaux posée sur une chaise cannée.

Les flammes commençaient à lécher la veste de Thomas.

Je courus dans l'arrière-cuisine et tournai précipitamment le robinet. Il n'en sortit, comme d'habitude, qu'un mince filet d'eau. Alors, je fis demi-tour et enjambai les flammes pour bondir jusqu'à la porte.

Dehors, il y avait le réservoir d'eau de pluie et, à

côté, le seau que le charretier avait renversé. Je le ramassai, le remplis et repartis en courant vers la cuisine. Déjà les flammes s'engouffraient par la porte. Je fis vraiment tout mon possible, jetant des seaux et des seaux, tout en m'égosillant pour appeler à la rescousse Thomas et le charretier. Mais bientôt il n'y eut plus une goutte d'eau dans le réservoir et je dus reculer devant les flammes et la fumée. Lassé de me battre seul et en vain, je lâchai le seau et courus chercher les deux hommes.

Me voyant couvert de suie, ils me suivirent immédiatement jusqu'au portail de la cour. Thomas regarda les flammes qui grimpaient à présent le long des murs et fit aussitôt demi-tour. « On ne peut pas sauver et ta cuisine et ta cuisinière. Entre les deux, j'ai déjà choisi. »

Stupéfait, je balbutiai :

— *Ma* cuisine ? *Ma* cuisinière ?

En s'éloignant, il me lança :

— Eh oui ! À qui d'autre veux-tu que ce soit ?

À qui, en effet ?

Je restai planté là, le temps que cette idée fît son chemin dans mon cerveau. Puis, pendant que le charretier traînait la maison de poupée sur les pavés pour l'éloigner des flammes, je courus rejoindre

Thomas, et tous deux nous aidâmes Martha à descendre les marches du perron et à s'asseoir sur la pelouse, hors de danger.

49

Le charretier porta la nouvelle à Illingworth. En l'espace d'une heure, des dizaines de villageois accoururent. Certains avaient aussitôt sauté dans une charrette pour faire une chaîne avec des seaux qu'ils remplissaient à la pompe. D'autres, venus en curieux, avaient fait le chemin à pied et s'égaillaient sur les pelouses pour regarder les flammes et les étincelles qui crépitaient violemment. Et tout ce monde discutait avec animation.

Je fis de mon mieux pour passer les seaux d'eau, jusqu'à ce que Thomas vînt me remplacer.

— Tu es à bout de forces. Va plutôt réconforter Martha.

J'avançai dans la direction qu'il m'indiqua. De tous côtés j'entendais les commérages les plus fantaisistes. Car le capitaine Severn avait une sinistre réputation à des kilomètres à la ronde. Et si les villageois n'avaient pas su que Thomas et Martha vivaient depuis tant d'années derrière ce haut mur de pierres et sous le regard intimidant des deux aigles, je crois qu'ils ne seraient venus à High Gates que pour encourager les flammes à achever leur besogne.

Et quelles flammes ! D'énormes langues de feu orange qui montaient en tournoyant dans l'air. Autour de moi, j'entendais :

– Regardez-moi ce feu ! Quel spectacle !

– Le lustre ! Vous entendez les gouttes de cristal exploser ? On dirait des coups de fusil !

– Reculez-vous, voilà un autre chevron qui va s'effondrer.

– Je n'aurais jamais cru que du lierre pouvait brûler aussi facilement !

Un pan de toit s'affaissa dans un énorme grondement. La foule en resta coite. À quoi pensaient ces gens ? Aucune idée. Je sais seulement que, chaque fois qu'une vitre éclatait, qu'un chevron calciné s'écroulait, qu'un volet en feu tombait sur les bacs à fleurs, j'avais l'impression de voir sauter un barreau de la cage où j'étais resté si longtemps prisonnier.

Martha était assise sur une brouette retournée, loin de la foule des badauds, là où Thomas l'avait conduite en sûreté. Elle avait subi une incroyable série de chocs, dans l'heure qui venait de s'écouler, pourtant un peu de rose colorait ses joues et elle semblait avoir repris des forces.

Je restai debout près d'elle. Nous regardâmes l'incendie en silence, jusqu'au moment où des hommes crièrent : Thomas et un villageois avaient interrompu la chaîne et faisaient passer le message : leurs efforts ne servaient à rien. « Inutile de continuer. On n'arrivera plus à sauver quoi que ce soit. »

Il essuya sur sa manche le mélange de sueur et de suie qui salissait son visage et vint se placer lui aussi à côté de Martha. Il serra sa main dans les siennes pour la réconforter. On entendit au même moment un craquement assourdissant : une autre partie du toit s'effondrait dans les flammes.

La foule recula précipitamment mais reprit peu à peu sa place, à mesure que la pluie d'étincelles faiblissait.

Martha profita, je crois, de cette diversion pour nous demander d'une petite voix :

— Où est le capitaine ?

Je vis Thomas montrer du doigt ce qui restait des combles.

Martha pâlit de nouveau.

— La rumeur dit vrai, alors ? Il est mort ?

— Oui, bel et bien mort.

Elle eut l'air horrifié.

— Il est mort brûlé vif ?

— Non, non, la rassura Thomas. Disons qu'il est mort d'apoplexie.

Il me regarda du coin de l'œil.

— Quoique certains croient que c'est sa propre colère qui l'a tué.

Martha n'en revenait pas.

— Tout là-haut ?

Il rit.

— Tout là-haut. Oui. En train de préparer un mauvais coup. Et quand on a compris qu'il n'y avait plus rien à faire pour sauver la maison, il était trop tard pour remonter chercher son corps.

Martha resta un bon moment sans parler puis, montrant de l'index les flammes qui faisaient danser sur nos figures leurs éclats lumineux, elle demanda :

— Et ce... ce feu ? Comment est-ce arrivé ?

Thomas ricana.

— Ah, ça, il faut que tu poses la question à Daniel. Il a une façon très originale d'allumer le feu.

Martha se tourna vers moi, stupéfaite.

— C'est donc toi qui as mis le feu à la maison ?

— Avec un petit coup de pouce du diable, répondis-je tristement.

Et ainsi, par bribes, entre deux pluies d'étincelles, je leur racontai l'histoire, tout d'abord de ma bagarre avec la poupée Séverin, dans la charrette, puis de notre duel acharné dans la cuisine. Cela prit longtemps, car je devais aussi leur parler des secrets que j'avais gardés et de tout ce que je savais. Quand j'eus terminé, Thomas et Martha ne purent que secouer la tête, bouche bée, médusés.

Martha posa de nouveau son regard sur les flammes enragées.

— Alors, ils auront été liés jusqu'à cette fin tragique. Le corps du capitaine a subi le même sort que sa poupée ensorcelée.

Il ne nous restait plus qu'à regarder ensemble, sans un mot, la grande maison brûler. Au fond de moi, je ne ressentais rien d'autre qu'un immense soulagement.

50

Au matin, il ne restait plus de High Gates qu'un champ de braises et quelques chevrons incandescents.

Thomas donna un coup de pied dans un pilier réduit en cendres.

— Je me dis souvent qu'il n'y a que le feu pour vous aider à faire table rase du passé et repartir à zéro. (Il se tourna vers moi.) Penses-tu la reconstruire ?

— Avec quel argent ? demandai-je d'un air sombre. Avec les quelques pièces qui vont me servir à acheter mon billet de retour ?

Je lui saisis le bras.

— Vous viendrez avec moi, n'est-ce pas ? Et Martha aussi ?

Il secoua la tête en riant.

— Martha et moi sommes bien trop vieux pour cela. Toi, tu as toute la vie devant toi.

Il enfonça son talon dans la terre meuble sur laquelle nous nous tenions.

— Mais avec ta permission, elle et moi pouvons continuer à vivre sur cette terre.

Avec ma permission ? Voilà qui venait de nouveau me rappeler que toutes ces petites flammes que Thomas et moi avions regardé onduler toutes la nuit, subjugués, m'appartenaient. De même que les cendres qui grésillaient, les tas de pierres noircies et tous les bois alentour.

Pourrais-je vivre ici en paix. Y serais-je heureux ?

Un jour peut-être. Dans un avenir lointain, probablement, lorsque j'aurai gagné assez d'argent comme médecin pour pouvoir reconstruire une maison pouvant accueillir la femme que j'espérais rencontrer et les enfants qui nous viendraient. Des enfants qui gambaderaient dans ces jardins aussi joyeusement que Liliana et ses frères avant l'arrivée de Jack Severn. Des enfants qui se cacheraient dans des arbres creux, tireraient des flèches en l'air et joueraient aux tigres et aux chasseurs dans la jungle des framboisiers.

Je fis une dernière fois le tour du domaine en compagnie de Thomas. Est-ce par hasard que nous nous retrouvâmes dans le Passage du Diable ? Nous suivîmes ensemble le chemin en spirale jusqu'à la clairière.

Je vis ma tombe fraîchement creusée.

— Une éternité trop tôt, grommela Thomas. Il se mit à repousser la terre dans le trou avec le pied, tandis que je flânais entre les seules traces de ma famille et de mon passé, les pierres tombales dont je caressai la mousse du bout des doigts. Un jour peut-être je reposerai ici, me disais-je. Mais, pour l'instant, j'ai davantage besoin d'un avenir radieux que d'un passé.

Je me retournai vers Thomas.

— Faites-en ce que vous voulez, lui dis-je. Faites comme bon vous semble.

Il posa une main sur la tombe d'Edmond.

— Le mieux, pour moi, serait de raser complètement le Passage du Diable.

— Et de faire pousser un labyrinthe à la place ? suggérai-je, sur une inspiration soudaine.

— Excellente idée ! Et le temps qu'il soit assez haut, tu seras peut-être de retour avec tes enfants.

Un silence s'installa. Il devait penser à Liliana et Edmond et à tous les êtres chers du passé. Moi, je ne pouvais plus songer qu'à l'avenir, à la famille qu'il me tardait de retrouver, ces gens qui m'avaient accueilli aussi simplement et chaleureusement qu'un fils et un frère. Cette famille vers laquelle j'allais m'en retourner et dont je porterai le nom, si elle le voulait bien, pour entamer ma nouvelle vie. La famille avec laquelle j'avais appris à devenir un homme. Et la famille que j'allais aimer comme la mienne.

Je sentis la main de Thomas se poser sur mon épaule.

— Viens. Je t'emmène à la gare. Tu prendras le train du matin.

Nous repartîmes entre les haies de hêtres, débouchâmes sur la pauvre pelouse piétinée et noircie par la pluie de suie. Je fis mes adieux à Martha dans une longue étreinte puis me retournai pour contempler une dernière fois les cendres fumantes.

— Nous t'enverrons la maison de poupée, me dit Thomas.

— Non ! le suppliai-je, sans même penser à Sophie. Elle me rappellerait trop de mauvais souvenirs, désormais.

Il se retourna, la regarda fixement. Elle était restée là où le charretier l'avait posée pour la préserver des flammes.

— Moi c'est pareil, dit-il enfin, en avançant vers elle en deux enjambées, comme s'il craignait de réfléchir trop longtemps.

Je le suivis et ensemble nous tirâmes la maison de poupée jusqu'au tas de braises encore rouges. Pendant un temps qui me parut très long, il ne se passa rien. Puis enfin, un bouton de rose, près du portique, prit brusquement feu.

Puis un deuxième.

Et encore un autre, jusqu'à ce que la maison fût complètement en flammes.

Regretterais-je de détruire l'ultime témoin de l'enfance de ma mère ? Ce dernier lien avec le passé ?

Non. Car soudain je me rappelai ce matin où, sur la tombe de ma mère, j'avais lu l'épitaphe choisie par le docteur Marlow, ces mots qui résonnaient presque comme une promesse :

JUSQU'À CE QUE LE JOUR SE LÈVE
POUR CHASSER LES OMBRES

Eh bien, si c'était une promesse, je l'avais réalisée pour elle. Son fils était désormais sain et sauf, et avait de bonnes âmes pour l'aimer et veiller sur lui. Et il en avait appris suffisamment sur le caractère de sa mère pour savoir qu'elle avait fait de son mieux pour l'aimer. Ce cœur dur et inflexible n'était pas le sien et elle pouvait être pardonnée pour l'enfance étrange et triste qu'elle m'avait fait vivre.

Tout avait changé. Et elle pouvait reposer en paix.

Thomas se tenait près de moi, un bras consolateur autour de mon épaule, tandis que nous regardions ensemble les jolies branches de lierre se recroqueviller et les petites tuiles du toit s'embraser.

Partie en fumée.

Et moi, c'était en train que j'allais bientôt partir, m'en retourner vers l'avenir heureux et prometteur qui se profilait enfin à l'horizon.

Du même auteur à *l'école des loisirs*

Collection MÉDIUM

Madame Doubtfire
S.O.S. Mamie
Bébés de farine
Mon amitié avec Tulipe
La guerre sous mon toit
La tête à l'envers
La route des ossements
Blood Family

Cet ouvrage a été achevé d'imprimer
sur Roto-Page
par l'Imprimerie Floch à Mayenne
en février 2016

N° d'impression : 89375
Imprimé en France